新 潮 文 庫

文豪ナビ 谷崎潤一郎

新 潮 文 庫 編

新 潮 社 版

7551

「あんた、こんな綺麗《きれい》な体やのんに、なんで今迄隠してたん？」

「うち、あんまり綺麗なもん見たりしたら、感激して涙が出て来るねん」

――『卍』

こんなとき読みたい谷崎 1

いっしょに死んでほしい
と、好きな相手に迫られたら
あなたはどうしますか?

禁じられれば禁じられるほど、
キモチが燃え上がる。思い詰める。血迷ってくる。
そんな経験、あなたにはありませんか?
リスクが大きいほど、ハードルが高いほど、
よけいに情熱は
かき立てられるものなのでしょうか。
『卍(まんじ)』は、
あなたの心の深層に潜む
「禁断へのあこがれ」を測るバロメーター

アブナイひとに惹《ひ》かれたこと、ありますか。
女の「魔性」を実感したこと、ないですか。
同性愛の気持ちはわかる、ほうですか。

そんなあなたに読んでほしい。

『卍《まんじ》』

関西の良家の夫人が告白する、同性愛体験

『卍』早わかり ➡ P27
エッセイ（本上まなみ）➡ P101
エッセイ（桐野夏生）➡ P106
作品の詳しい説明 ➡ P135

かもしれません。

主役は美女。物語は妖艶。
映像化された谷崎の世界にも、格別の愉しさが。

お前は僕の宝物だ、
僕が自分で見つけ出して
研《みが》きをかけたダイヤモンドだ。
だからお前を美しい女にするためなら、
どんなものでも買ってやるよ。
僕の月給をみんな
お前に上げてもいいが。
――『痴人の愛』

こんなとき読みたい谷崎 ❷

いっしょにいたらダメになるわかっていても離れられない、そんな恋愛は幸せ？それとも不幸せ？

恋の心理って、不思議なものです。
一方が押せば、相手は引くし、
じゃあと背中を向けると、今度は追いすがってくる。
そんなかけひきも恋のうち。
ちょっとした不安は、想《おも》いを増幅させる。
でも、いいんですか、相手はもうあなたの心を
見透かしてるんじゃないですか？
『痴人の愛』に引きずり込まれるのも、

自分を見失うほど溺《おぼ》れたこと、ありますか。
フェチだと感じたこと、ないですか。
アブノーマルな世界をのぞいてみたい、と思いませんか。

そんなあなたに読んでほしい。

『痴人の愛』

エリートサラリーマンだって人の子

教訓にするのも、あなたを目覚めさせる、
恋愛のレッスンです。

足フェチだった谷崎が描いた主人公ナオミもまた、美脚の持ち主でした。
今だったらこんなハイヒールが似合ったかもしれません。

自分の生れた上方こそは、
日本で鯛《たい》の最も美味な地方、
――従って、日本の中でも
最も日本的な地方である
と云《い》う誇りが潜んでいるのであったが、
同様に彼女は、
花では何が一番好きかと問われれば、
躊《ちゅう》躇《ちょ》なく桜と答えるのであった。

――『細雪』

こんなとき読みたい谷崎③

言葉もハートもちがえば
こだわりだってちがう。
あなたは関西人？　関東人？

生まれ育った土地が、
人をつくる、云《い》いますやろ。
土地がちがうと、なんか気心も知れへん、
話も合いにくい、笑いのツボかてはずれる、
おなじ日本人かしら思うこと、
たまにあります。
お正月のお餅《もち》もいろいろやそうですなあ。
『細雪《ささめゆき》』読んどくんなはれ。
関西のこと、
人も、心も、土地のことも、

あったかい人情にホロリときたこと、ありますか。
つい世間体を考えてしまうこと、ないですか。
タイガース、お好み焼き、関西弁、好きですか。

そんなあなたに読んでほしい。

『細《ささめ》雪《ゆき》』

谷崎が壮年期のすべてを注ぎ込んだ大作

よう書いてありまっさかい。

谷崎が賞賛した「柿の葉寿司」も関西の味。『細雪』を読みながら味わってみてはいかが。

文豪ナビ　谷崎潤一郎

目次

イラスト●野村俊夫　写真●広瀬達郎　編集協力●北川潤之介

本書は書下ろしです。データは刊行時のものです。

【参考文献】
『新潮日本文学アルバム　谷崎潤一郎』（新潮社）
『谷崎潤一郎全集』（中央公論新社）
『谷崎潤一郎・「細雪」そして芦屋』『志賀直哉と谷崎潤一郎』
（ともに芦屋市谷崎潤一郎記念館）

【写真提供】
芦屋市谷崎潤一郎記念館／中央公論新社

5ページ写真

右／DVD「卍」（1964年大映／91分／監督　増村保造／出演　若尾文子・岸田今日子他）
DVD「細雪」（1983年東宝／140分／監督　市川崑／出演　吉永小百合・岸恵子他）
DVD「痴人の愛」（1967年大映／95分／監督　増村保造／出演　大楠道代他）
左／新潮文庫「卍」

9ページ写真

右／新潮文庫「痴人の愛」
左／アンクルストラップパンプス（STRAWBERRY・FIELDS）

13ページ写真

右／新潮文庫「細雪」（上）
左／柿の葉寿司（いざさ）。『陰翳礼讃』で谷崎は柿の葉寿司の作り方を詳しく書いている。

超早わかり！谷崎作品ナビ

谷崎潤一郎 おすすめコース

刺青（しせい） ＜ 痴《ち》人《じん》の愛 ＜ 春琴抄 ＜ 卍（まんじ） ＜＜

「刺青」とは、タトゥーのこと。天才刺青師にタトゥーを彫られた娘が、アッと驚く女性にあざやかに変わっていきます。さあ、著者 24 歳の出世作「刺青」からスリリングな谷崎の〈悪女カタログ〉をめくり始めよう！

「痴人の愛」の主人公ナオミは、どんなに真面目なカタブツ男も「痴人＝愚か者」にしてしまう〈肉体〉をもつ女性なんだ。う〜ん、クラクラしてみたい！

春琴は、盲目。とびきりキレイだけど、丁稚の佐助をドレイみたいにこき使うゴーマンなお嬢様。佐助はM男くん。ある日女王様が美貌にヤケドを負ってしまいます。さあドレイの佐助がとった行動は？

男女の三角関係も、谷崎のは半端じゃない！ いちばんスゴイのが「卍」。良家の夫人が同性愛にはまってしまって、さらにはその夫まで……。

美女四姉妹の物語『細雪』。真の主役は四女・妙子。男を虜にしては次の男を求める自由奔放ぶりが、たまらない魅力！

猫と庄造と二人のおんな ＜ **蓼《たで》喰《く》う虫** ＜ **鍵　瘋癲《ふうてん》老人日記** ＜ **細雪**（ささめゆき）

「鍵」は推理小説としても抜群のエロティック・サスペンス。老齢の夫と「名器」をもつ女盛りの妻とのかけ引きに、心臓が最高にドクドクすること間違いなし！

あなたにピッタリの谷崎作品は？

タイトルは有名だけど本当に面白いの？　どんなタイプの話かわかれば読む気になるんだけど……。「超早わかり! 谷崎作品ナビ」なら、あなたにピッタリの谷崎が見つかります。

谷崎の「悪女カタログ」で、あなたはアブノーマルに目覚めてゆく

「悪女」に出逢ったこと、ありますか？　アブノーマルな体験をしてみたい、と思いませんか？　あなたが女性なら、自分の心の中に潜んでいる魔性に気づいたこと、ないですか？　モラルだの常識だのにとらわれるばかりじゃ、人生つまらない。そんなものちょっと忘れて、「悪女」と「異常」がいっぱいの谷崎の世界をのぞき見てみましょうよ。

ひざまずいて足をおなめ――大文豪は「悪女」にこだわる

谷崎は、「足フェチ」だった。すなわち、女体の「足」の部分に異常なまでに目と心が吸い寄せられ、執着してしまうのだ。そして、女王様タイプの女性に「その足でもっと私を踏みつけて下さい」と叫ぶ「マゾ」的素質が、そこかしこに顔をのぞかせている。どの小説も、「奥深い性の世界」※のオン・パレ

※　横たわる裸形の美女に老人が添い寝する。川端康成『眠れる美女』もまた異色の性に満ちた逸品。

ード。

しかも、登場する女性たちが、そろいもそろって「悪女」。それがまた、「美貌《びぼう》」だったり、「名器」だったり、「奔放」だったり。男として生まれたからには、一度くらいこんな「いい女」と火遊びをしてみたいものだ、という破滅願望※※（マゾ性格）がムクムク頭をもたげてくるはずだ。一方で、女として生まれたからには、女の魅力で男たちを屈服させたい、という破壊願望（サド性格）に目覚めてしまうに違いない。

男を破滅させればさせるほど「いい女」になる
『刺青《しせい》』は悪女への片道切符

谷崎二十四歳の出世作が、『刺青』。刺青とは、入れ墨、すなわちタトゥーのこと。ある娘の足の見事さに惚《ほ》れて、希代の「悪女」「妖婦《ようふ》」「淫婦《いんぷ》」となりうる素質を見抜いた天才的な刺《ほり》青師《ものし》が、彼女の背中に女郎蜘蛛《じょろうぐも》を彫りつける。この巨大なタト

※※マゾヒストの究極の願いを描いたと言われる、河野多恵子の『みいら採り猟奇譚』。ここまでいくと、かなり怖い。

『刺青』

声に出して読む ➡ 75P
エッセイ（本上まなみ）➡ 99P
作品の詳しい説明 ➡ 125P

ゥーが入ったことで、女の心の奥底に潜んでいた「毒婦」※が浮上してくるのだ。彼女はあざやかに変貌する。男たちを踏みつけ、破滅させ、その死骸《しがい》を肥やしとして自分の美を輝かせる妖婦へと。そして、最初に魂を抜かれた犠牲者第一号が、刺青師なのだ！

同じ短編集に入っている『少年』は、倒錯した少年少女の心理をあやしく描いている。ここには、教育学者が口にするような「純朴な少年」像はない。少女もまた、「毒婦」たりうるのだ。学校では弱虫の「いじめられっ子」だが、帰宅すると内弁慶になり、姉に暴力を振るうマゾ少年がいる。そこに、「私」が加わって、「三つどもえ」の「サド・マゾ・ゲーム」を繰り広げる。三人とも、「いじめる快感」と「いじめられる快感」の両方をたっぷりと味わう。そのうえで、一人の女王様が二人の奴隷《どれい》を従える構図として帰着する。

※ こちらも魅力的な悪女が登場する、松本清張『黒革の手帖』。二〇〇四年秋には、米倉涼子主演でテレビドラマにもなった。

百二十点の肉体的魅力を持つ悪女・ナオミ
『痴人の愛』は悪女版マイ・フェア・レディ

「君子は危うきに近寄らず」※※ということわざがある。聖人とか君子とか呼ばれている立派な男は、悪い女に引っかかることはない。なぜなら、美女と楽しいひとときを過ごしたいという「スケベ根性」をもたないから。でも、それってホント？

聖人君子の代表選手は、『論語』で有名な孔子様。でも、谷崎の短編『麒麟《きりん》』は、悪婦の発散するまがまがしいフェロモンに圧倒される孔子の「男」としての弱さを暴露している。古く平安時代から、「恋の山には孔子《くじ》の倒れ」ということわざがあった。孔子のような聖人君子でも、男であるからには女に迷う。そうなると、山で道に迷った人が行き倒れになってしまうように、孔子も恋の苦しみにのたうち回る、というのだ。

谷崎「悪女カタログ」の第二は、長編『痴人の愛』のヒロイ

※※悪女とは知りながら近寄ってしまうのが男というもの。東野圭吾『白夜行』『幻夜』の主人公は、そうして身を滅ぼした。

『痴人の愛』

10分で作品を読む ➡ 38P
声に出して読む ➡ 70P
エッセイ（桐野夏生）➡ 109P
作品の詳しい説明 ➡ 128P

ン、ナオミ。この悪女は、マジメな君子を「痴人＝愚か者」へと堕落させてしまうほど絶大な肉体的魅力の持ち主だ。
「知性、ゼロ」だから、下品なタメ口しか話せない。「モラル、ゼロ」だから、男と見ると誰とでもセックスする。「金銭感覚、ゼロ」の浪費家だから、「ミツグ君」である男たちの貯金はすぐに底をつく。「家事能力、ゼロ」だから、食事は外食かデリバリー。しかも、自分の脱いだ下着を平気で室内に放置する「片づけられない女」。それでも、ナオミの男を惑わす肉体的魅力は、とびきり。百点満点で百二十点以上なのだ。

　エリート・サラリーマンだった譲治は、妻として引き取った十四歳も年下のナオミに翻弄《ほんろう》され、どこまでも堕《お》ちつづける。でも、腐れ縁は断ち切れず、ナオミになら人生を滅茶苦茶《めちゃくちゃ》にされても本望だと喜ぶ始末。『源氏物語』の光源氏は紫の上を「理想の妻」にする教育に成功し、※『マイ・フェア・レディ』の教授も下町の花売り娘を「レディ」に仕立て上げた。ところが、

※アカデミー賞8部門を受賞し、ミュージカルの最高傑作とされるこの映画は、イギリスの小説家ジョージ・バーナード・ショーの『ピグマリオン』という作品が元になっている。

譲治はものの見事にナオミの教育に失敗したのだ。それどころか、ナオミから奴隷として「飼育＝調教」※※されてしまう。「こういう悪女とは絶対につきあってはいけない」とわかっちゃいても、目の前にしたとき、手に入れたいという誘惑に、欲望に、なかなか勝てないものなんだよねえ。

　人生は、きれい事では済まない。むしろ、醜い。いや、醜いからこそ、美しいのかもしれない。そして、美しいものは、醜い。谷崎は、そう強烈に主張しているようだ。

男が目をつぶしてまで隷属《れいぞく》するゴーマン女・春琴《しゅんきん》
『春琴抄』は美しきＳＭの極致

　悪女のカタログ第三は、『春琴抄』にチャレンジしよう。ちょっと見には漢字が多くてコムズカシそうだが、内容が内容なので、好奇心でグングン読める。エッチな小説って、辞書を引かなくてもカンで読めちゃうものなんです。

※※団鬼六の『美少年』も調教がテーマ。しかし、こちらは男が女を調教する。

『春琴抄』

声に出して読む ➡ 89P
エッセイ（桐野夏生）➡ 109P
作品の詳しい説明 ➡ 136P

大阪の大商人の家に、盲目だが美貌でゴーマンなお嬢様がいる。その名も、春琴。琴が上手で、丁稚《でっち》の佐助を「弟子」あるいは「奴隷」としてこき使っている。佐助の方は、典型的なM男。春琴にたたかれて血を流してヒイヒイ泣きながらも、心の中では喜びにうちふるえてるんだから。春琴の外出時の道案内だけでなく、トイレの世話、お風呂《ふろ》の世話、閨房《けいぼう》（ベッドルーム）での肉体的奉仕など、喜び勇んで務めている。

そのゴーマンな春琴が、あるとき振った男からリベンジされてしまう。自慢の美貌に熱湯をかけられ、醜い顔になってしまったのだ。このとっさの瞬間に、佐助は自分の両目を針で刺して、進んで盲目となった※。こうすれば、春琴のヤケドの顔を見なくても済む。そして、いつまでも春琴の美貌を心に思い浮かべていられる。春琴は、佐助のけなげな決断を喜んだ。だが、夫婦となってからも、佐助の奉仕はつづき、どこまでも「女王様と奴隷」の関係は変わることなく進んでゆく。

※「進んで盲目となった」主人公といえば、シェイクスピアの『リア王』。

目をつぶした佐助の心も異常だけど、男に喜んで目をつぶさせるようにシツケた春琴の心だって異常じゃないだろうか。彼らは、「たった二人の世界」を作り上げていた。盲目の佐助が、これまた盲目の春琴の肉体を恍惚《こうこつ》とした陶酔境で撫《な》で回す。

男も女もトリコにする魔性の女・光子
『卍《まんじ》』はレスビアン※※＋1の異常な三角関係

谷崎には、三角関係あるいは四角関係をモチーフとする小説がいくつかある。いちばん異常性の高い『卍』から、読み始めよう。新潮文庫の「解説目録」には、次のようにある。「関西の良家の夫人が告白する、異常な同性愛体験――関西の女性の艶《つや》やかな声音に魅《ひ》かれて、著者が新境地をひらいた記念碑的作品」。どうです。これでもまだ、あなたは読まずにいられますか？

夫ある園子が光子という女性に惹《ひ》かれるのだが、光子には園

※※官能レスビアン小説といえば、森奈津子、斎藤綾子、中山可穂。とはいえ吉田秋生『桜の園』のリリシズムに満ちた同性への想いも捨てがたい。

『卍』

エッセイ（本上まなみ）➡101P
エッセイ（桐野夏生）➡106P
作品の詳しい説明➡135P

子以外にも男の交際相手もいる。いわゆる「両刀遣い」。ところが、光子の愛人は性的不能者。魔性の女一人を、男でない男と女が争う奇妙な「三角関係」※。しかも、最後には園子の夫までが、光子の魔性のトリコとなってしまう。そして、ついには三人で薬を飲んで「心中」を図る。

　この珍妙な恋愛事件は、生き残った園子の回想談として語られる。それが何と、始めから終わりまで「関西弁」。共通語（東京弁）の小説を読み慣れた読者は、かなりとまどうはず。悪戯《いたずら》っぽく片目をつむった谷崎が思い浮かぶではないか。

人間よりも高い地位に鎮座する女王様猫・リリー
『猫と庄造と二人のおんな』は猫の魔力がたっぷり

　ちょっと変わったところでは、『猫と庄造と二人のおんな』。庄造という男がいる。別れた妻が品子で、今の妻が福子。品子と福子は、いまだに庄造を奪い合う。庄造の母おりんの欲得も

※ 村上春樹の『ノルウェイの森』は三角関係をテーマにした小説。なお、一九八五年、村上は谷崎潤一郎に因んだ「谷崎賞」を『世界の終りとハードボイルド・ワンダーランド』で受賞した。

『猫と庄造と二人のおんな』
♥ エッセイ（本上まなみ）➡94P

からむ。でも、これだけなら、ありふれた「三角関係」と「嫁と姑《しゅうとめ》のごたごた」。ここに、リリーというメス猫を加えて引っかき回すのが、谷崎の独創。

　いつも偉そうで、人間の思惑など無関係に女王様のようにふるまう猫※※。いかにも悪女、って感じじゃないですか。この猫に、庄造も品子も福子も、翻弄される。猫に好かれようとする男、猫に嫉妬《しっと》する女、猫を道具にして夫を取り戻そうとして猫の魔力に取《と》り憑《つ》かれた女。まさに、猫を当事者に加えた四角関係のドラマである。勝つのは、やっぱり猫のみ。男も女も、まるごと敗者となってしまう。

　漱石《そうせき》の『吾輩《わがはい》は猫である』の猫は、ただのナレーター。でも、谷崎の『猫』は、エドガー・アラン・ポーの『黒猫』と並んで、「猫の小説史」の中でも屈指の妖《あや》しさ。谷崎も動物にたとえれば、猫だろう。それも、ボテボテに太った猫。『不思議の国のアリス』に出てくるチェシャー猫のような感じだなあ。

※※猫のようなヒロインが登場する、村松友視『時代屋の女房』。ふらっと家出する身の軽さが身上。

男の再婚願望をシゲキする人形のような悪女・お久
『蓼喰《たでく》う虫』は、妻の浮気を公認している夫の夢

『蓼喰う虫』も、陳腐な三角関係では終わらない。斯波《しば》要《かなめ》と美佐子は子どももいるが、愛のない夫婦。「性格の不一致」ではなく「性の不一致」※が原因で、夫婦生活（セックス）を断ち、離婚を考えている。美佐子は夫公認で、阿曾《あそ》という愛人とデートを繰り返している。要は、外人娼婦《しょうふ》で用を済ませている。その要が、美佐子の父の若い妾《めかけ》であるお久に、少しずつ惹かれてゆく、というストーリー。

谷崎は実人生でも、最初の妻を詩人の佐藤春夫に譲っている。また、谷崎は三回結婚しているが、二度目の結婚をした直後に、三度目の奥さんと同棲して、平然と二度目の妻を捨てた。このあたりの谷崎の夫婦観・倫理観が、そのまま要の生き方になっている、とはいえないか。

※
性の不一致を描いて読者を震撼させた、林真理子『不機嫌な果実』。一方、性が一致しすぎたのは渡辺淳一『失楽園』。合いすぎてもまた悲劇に……。

『蓼喰う虫』

エッセイ（桐野夏生）➡106P
作品の詳しい説明➡130P

要は、人形※※浄瑠璃《じょうるり》の魅力に目を開きはじめる。日本情緒のよさである。その浄瑠璃人形の精かと思われる女が、お久。要は、自分が再婚するならこんなタイプかな、などと思いだし、妄想をたくましくさせる。お久本人ではなく、お久のようなタイプ。

その人形のようなお久にも、いろいろ人間的な感情があるらしいことが、最後にほのめかされる。小津安二郎監督の名画『東京物語』で、理想的な女性と思われた息子の未亡人（原節子）が、自分にもいろいろと暗い側面があると突然に激しい口調で告白する場面がある。それと、ちょっと似ている。

しかし、お久タイプの女と結婚しても、「妻にいじめてほしい」と夫が少しでものぞめば、人形妻はたちまちナオミのような妖婦《ようふ》へと変貌《へんぼう》するにちがいない。女の本性は、男が引き出すのだから。

※※大阪・日本橋の「国立文楽劇場」は、初心者も見やすい人形浄瑠璃の公演会場として著名。

夫を腹上死させる悪妻・郁子《いくこ》
『鍵《かぎ》』は心臓もドクドク脈打つエロチック・サスペンス

さあ、谷崎の「悪女カタログ」は、さらに過激さを増してゆく。『鍵』は、老齢の夫が書いたカタカナ※の日記と、淫乱《いんらん》な女盛りの妻が書いた平仮名の日記とが、交互に記される小説。この妻・郁子が、なんと「名器」の持ち主なのだ。夫は衰えつつある性欲を高めるために、妻に若い愛人をけしかける。嫉妬の力を借りて欲望を高めたいのだ。気絶したふりをしている妻を全裸にして、彼女の「足」や「腋《わき》の下」をなめまわす夫。彼は大学教授らしいが、学問している場面はなく、ひたすら夜のセックスのことしか考えていない。ビフテキを食べれば性欲が増進すると信じているのも、笑える。

そんな夫の裏をかいて、高血圧の夫をセックスの最中に発作で殺してしまおうとする妻。う〜ん、腹上死かあ。郁子の愛人

※カタカナやローマ字だと人は心のうちを明かしやすいのだろうか。石川啄木の『ローマ字日記』にも、貧乏と性欲に喘ぐ啄木の肉声が凝縮されている。

『鍵』

10分で作品を読む ➡ 59P
エッセイ（本上まなみ）➡ 99P
エッセイ（桐野夏生）➡ 110P
作品の詳しい説明 ➡ 119P

だけでなく、夫婦の娘も一枚噛《か》んでおり、すばらしいサスペンス・タッチである。夫の最初の発作と二回目の発作の間の「しかけ」が絶妙。

ちょっと見には「カタカナの日記※※」の部分が読みにくいので、若い読者から敬遠されているようだが、本当にもったいない。こんなに推理小説としても完成度の高い作品は珍しい。エロチック・サスペンスの傑作である。

義父に首すじをしゃぶらせて大金を貢《みつ》がせる悪嫁・颯子《さつこ》
『瘋癲《ふうてん》老人日記』はフェチの執念がいっぱい

谷崎最後の長編が、『瘋癲老人日記』。いよいよ「悪女カタログ」も終盤戦だ。

「瘋癲」と書けば驚く若者も、「フーテンの寅《とら》さん」の「フーテン」だと聞けば「ナーンダ」ということになる。ダンサー上がりの息子の嫁に、ぞっこん魅せられた老人の日記。ここでも

※※読みごたえのある日記といえば、永井荷風が、三十八歳から死の直前まで書き続けた『断腸亭日乗』（岩波文庫より『摘録断腸亭日乗』として刊行）荷風はまた、谷崎が生涯に亘って私淑し続けた作家であった。

『瘋癲老人日記』

作品の詳しい説明 ➡ 146P

カタカナが使われているが、読んでみたらこんなに「柔らかい」（エッチな）日記はない。他人の日記を盗み読む楽しさって、たまらない。

この老人は実の娘には二万円の援助すら惜しむのに、嫁の颯子にはシャワー室で首をなめさせてもらったお礼に、ポンと三百万円をくれてやっている。価値観の転倒しているところが、「フーテン老人」の本領発揮ではないか。

颯子の足の「拓本」を作って、それを自分のお墓に彫りつけ、死後も颯子の足で踏み続けてもらおうという老人の妄執もスゴイ。圧倒される。「足フェチ」もここまでくれば、崇高だ。

自由奔放な四女・妙子《たえこ》こそ、真の主役
シメは『細雪《ささめゆき》』で4タイプの女を味わいたい

最後に待ち受けているのが、谷崎が壮年期のすべてを注ぎ込んだ大作『細雪』。名門の蒔岡《まきおか》家に生まれた美しい四人姉妹が※

※向田邦子の『阿修羅のごとく』、金井美恵子の『恋愛太平記』。どちらも四人姉妹が主人公。特に後者のタイトルは谷崎晩年の傑作『台所太平記』に着想を得ている。

『細雪』

10分で作品を読む ➡ 48P
声に出して読む ➡ 80P
エッセイ（桐野夏生）➡ 106P
作品の詳しい説明 ➡ 119P

いる。この四人四様の、何と絢爛豪華《けんらんごうか》なこと。オールコットの『若草物語』が少女ばかりの四人姉妹だったのに対して、『細雪』は成熟した体と心をもった四人姉妹なのである。

すでに結婚している、長女の鶴子《つるこ》と、二女の幸子《さちこ》。三女の雪子はしとやかで和服の似合う美人だが、なぜか良縁がなくて、お見合いがまとまらない。

四女の妙子は、奔放。ふしだらな「自由恋愛」で、次々に相手を取り替えてゆく。大商店のボンボンとの駆け落ち、丁稚上《でっち》がりのカメラマンとの身分違いの恋、バーテンダーとの愛と妊娠、そして死産。これでもか、これでもかと、事件を引き起こす妙子。

映画で雪子を吉永小百合《さゆり》※※が演じたように、読者はどうしても清楚《せいそ》な雪子に注目しがち。タイトルも、雪子の名前に由来しているのだろう。でも、雪子は、何もしない。何もされない。ちっとも「物語的」ではないのだ。黙って、何かを考えているだ

※※　四姉妹を演じたのは岸恵子（鶴子）、佐久間良子（幸子）そして古手川祐子（妙子）。監督は市川崑。DVDで鑑賞できる。

け。その点、「悪女列伝」を書き続けて大文豪となった谷崎の筆は、妙子の波瀾万丈《はらんばんじょう》の物語で冴《さ》えわたる。

『細雪』は、『源氏物語』の影響を受けていると言われる。ならば、雪子は男に都合よくこしらえられた紫の上、一方、妙子は女としての「悲惨」と「泥沼」をすべて体験し尽くす、浮舟《※うきふね》というところか。紫の上と浮舟、雪子と妙子、いずれ劣らぬ日本のヒロインの二大タイプである。「昭和の浮舟」である妙子の未来に幸あれ、と願わずにいられない。

男と女のカラダとココロの奥に潜んでいる「ヒミツ」をひきずり出してしまう。谷崎は、そんなのぞき見スリル満点の小説ばかり五十年も書き続けて、「大文豪」と呼ばれたのだからエライ。そして、そんな「ヒミツ」をひきずり出されてしまったあなた、もしくは心惹《こころひ》かれてしまったあなた。あなたはもう、谷崎文学の招待券をもらった幸運なエリートです。

※主人公光源氏の妻と、その不倫相手の柏木との間に生れたのが薫。浮舟は薄幸の女性で、薫に庇護されながら別の男性とも通じ、悩んだ末に入水自殺するが救われ、仏門に生きようとする。この「浮舟」の章は『源氏物語』後半のクライマックスの一つ。

木原武一

【きはら・ぶいち】

1941年東京都生れ。東京大学文学部卒。文筆家。著書に『大人のための偉人伝』『父親の研究』『要約 世界文学全集Ⅰ・Ⅱ』、翻訳書に『聖書の暗号』などがある。

10分で読む「要約」谷崎潤一郎

『痴人の愛』

私はこれから、あまり世間に類例がないだろうと思われる私達夫婦の間柄に就いて、出来るだけ正直に、ざっくばらんに、有りのままの事実を書いて見ようと思います。始めて現在の私の妻に会ったのは、ちょうど足かけ八年前のことになります。彼女は浅草の雷門の近くにあるカフエ・ダイヤモンドと云《い》う店の、給仕女をしていたのです。歳《とし》はやっと数え歳の十五でした。まあ云って見れば、ウエイトレスの卵です。

そんな子供を二十八にもなる私が何で眼をつけたかと云うと、多分最初は、その児《こ》の名前が気に入ったからなのでしょう。本名は「奈緒美《なおみ》」と云って、NAOMIと書くとまるで西洋人のようだ、と、そう思ったのが始まりで、名前がハイカラだとなると、顔だちなども何処《どこ》か西洋人臭く、そうして大そう悧巧《りこう》そうに見え、「こんな所の女給にして置くのは惜しいもんだ」と考えるようになったのです。

私は当時月給百五十円を貰《もら》っている、或《あ》る電気会社の技師でした。一人で下宿住居《ずまい》をしていて、生活は可成り楽でした。会社では「君子」で通っている真面目《まじめ》なサラリーマンでした。元来が田舎育ちの無骨者で、人づきあいが拙《まず》く、異性との交際もありませんでしたが、表面が君子であるだけ、心の中はなかなか油断なく、往来を歩く時でも毎朝電車に乗る時でも、女に対しては絶えず注意を配っていました。あたかもそう云う時期に於《お》いて、たまたまナオミと云う者が私の眼の前に現れて来たのです。

最初の私の計画は、とにかくこの児を引き取って世話をしてやろう、そして望みがありそうなら、大いに教育してやって、自分の妻に貰い受けても差し支えなかろう、と、云うくらいな程度だったのです。「世帯を持つ」と云うようなシチ面倒臭い意味でなしに、呑気《のんき》なシンプル・ライフを送る。――これが私の望みでした。

ナオミにその話をすると、何の躊躇《ちゅうちょ》もなく「ええ、いいわ」と云う返事が返って来て、彼女の親も何も云うわけでなく、大森駅近くの、絵かきが建てたと云うアトリエのある家を借りて、二人で住み始めたのは、五月下旬のころでした。

＊

「ナオミちゃん、これからお前は私のことを『河合さん』と呼ばないで『譲治さん』とお呼び。そしてほんとに友達のように暮らそうじゃないか」

と、引越した日に私は彼女に云い聞かせました。ナオミは二階の屋根裏部屋のような三畳に、私はその隣りの四畳半で寝ました。毎朝、眼をさますと私たちは、向うの部屋と此方《こちら》の部屋とで、布団《ふとん》の中にもぐりながら声を掛け合ったものでした。朝食を済ませると、私はナオミを独り残して会社へ出かけます。彼女は花壇の草花をいじくったりして、午後になると、英語と音楽の稽古《けいこ》に行きます。それが彼女の望みでした。

夏には鎌倉へ海水浴に行きました。海水服を肌身に着けて現れたとき、正直なところ、私はどんなに彼女の四肢の整っていることを喜んだでしょう。胴が短く、脚の方が長く、その短い胴体はSの字のように非常に深くくびれていて、くびれた最低部のところに、もう十分に女らしい円みを帯びた臀《しり》の隆起がありました。その時分から、家で彼女をお湯へ入れて、体をゴムのスポンジで洗ってやる習慣がつきました。

私とナオミが友達以上の関係になったのは、その明くる年、ナオミが取って十六歳の年の春でした。極めて自然に孰方《どちら》が孰方を誘惑するのでもなく、殆《ほとん》どこれと云う言葉一つも交さないで、暗黙の裡《うち》にそう云う結果になったのです。それから彼女は私の耳に口をつけて、「譲治さん、きっとあたしを捨てないでね」と云いました。

「僕はお前のために生きているんだと思っておくれ」と私は云いました。

こうして私たちは誰に憚《はばか》るところもない法律上の夫婦になりました。

「僕の可愛《かわい》いナオミちゃん、僕はお前を愛しているばかりじゃない、お前を崇拝しているのだよ。お前は僕の宝物だ、僕が自分で見つけ出して研《みが》きをかけたダイヤモンドだ。お前を美しい女にするためなら、僕の月給をみんなお前に上げてもいい」

「いいわ、そんなにしてくれないでも。あたし英語と音楽をもっと勉強するわ」

やがて私は、ナオミが自分の期待したほど賢い女ではなかったことを悟る一方で、ますます強く彼女の肉体に惹《ひ》きつけられて行ったのです。

＊＊

ちょうどナオミが十八の歳の秋、早めに大森の家へ帰って来ると、見馴《みな》れない一人の少年が、ナオミと何か話しているのを見かけました。

「あれ？　あれはあたしのお友達よ、浜田さんて云う、……今度ソシアル・ダンスの倶楽部《くらぶ》を拵《こしら》えるから、是非あたしにも這入《はい》ってくれッて云いに来たのよ」

私は多少不愉快でしたが、彼女の話に嘘《うそ》はないように考えられました。私たちが大森へ巣を構えてから、既に足かけ四年、それまでの生活に退屈を感じ始めていた頃でした。私たちはダンスを習うことにしました。そのダンス倶楽部の幹事をしていたのがあの浜田と云う、慶応義塾の学生でした。ダンスの稽古場の西洋楽器店は学生の「溜《たま》り」になっているらしく、ナオミは店員や学生たちと顔馴染《かおなじみ》なのでした。

大分稽古を積んだからもうそろそろよかろうと云うので、始めて私たちが銀座のカフエエ・エルドラドオへ出かけたのは、その年の冬のことでしたが、その時分、私の月々の収入はもはや到底彼女の贅沢《ぜいたく》には追いつかなくなっていました。いつの間にやら口が奢《おご》って来て、自分で料理するなどと云う面倒臭いことは嫌いで、飯まで仕出し屋から運ばせる始末で、月末になると、鳥屋、牛肉屋、日本料理屋、西洋料理屋、鮨《すし》屋、鰻《うなぎ》屋、菓子屋、果物屋と、方々から多額の請求書が来ます。ナオミは足袋一足でも決して自分で洗おうとせず、総《す》べてクリーニングに出し、その費用も嵩《かさ》みました。そしてたまたま叱言《こごと》を云えば、二た言目には、「あたし女中じゃないことよ」と云います。

着物の贅沢は云うまでもなく、アトリエはまるで芝居の衣裳《いしょう》部屋のようでした。それから、下駄の贅沢を云います。草履、駒《こま》下駄、足駄、日和《ひより》下駄、両ぐり、余所《よそ》行きの下駄、不断の下駄と、十日に一遍ぐらいは買うのですから、積って見ると安いものではありません。小遣いなども、三日に上げず持って行きます。こうして独身時代の蓄えをすっかり使い果し、田舎の母へ始めて無心状を書いたものです。私は、ナオミのために自分の収入を全部捧《ささ》げたと云ってもいいのでした。彼女を少しでもよりよく身綺麗《みぎれい》にさせて置くこと、不自由な思いはさせないで、のんびり成長させること――それは素《もと》より私の本懐でしたから、愚痴りながらも彼女の贅沢を許してしまいます。

ダンスを始めてから、ナオミの顔馴染の学生たちが大森の家に出入りするようになり、夕食を御馳走《ごちそう》することもしばしばで、家に泊まって皆で雑魚寝《ざこね》したこともありました。

＊＊＊

八月になると、ナオミがすべて手配して、鎌倉のある植木屋の離れ座敷を借りて、一月過すことにしました。私はそこから毎日、大井町の会社に通いました。例の浜田をはじめ、熊谷、関、中村と云ったナオミの友達も時たま姿を見せました。いつもは大抵七時までには帰って来て、ナオミと一緒に夕飯をたべられるのが、九時まで会社に居残って、それから帰るとかれこれ十一時過ぎになる、――そんな晩が、五六日はつづく予定になっていた、そのちょうど四日目のことでした。

その晩、仕事が早く片附いたので、一時間ほど早く家に帰りつくと、家にはナオミの姿はなく、私の眼に触れたのは、誰かが飲み荒らして行ったらしい正宗の一升壜《びん》と西洋料理の残骸《ざんがい》でした。植木屋のおかみさんに聞くと、男たちと海のほうへ行ったとのことだった。私は、口癖の唄《うた》をうたいながら、浜田や熊谷たちを引き連れて海辺をよろけて歩いているナオミを見つけました。私に気がついたナオミは、いきなりツカツカと私の前へやって来て、ぱっとマントを開くや否《いな》や、腕を伸ばして私の肩に載せました。見ると彼女は、マントの下に一糸をも纏《まと》っていませんでした。

「何だお前は！ 己《おれ》に耻《はじ》を掻《か》かせたな！ ばいた！ 淫売《いんばい》！ じごく！」

「おほほほほ」

その笑い声には、酒の匂《におい》がぷんぷんしました。私は今まで、彼女が酒を飲んだところを一度も見たことはなかったのです。ナオミが私を欺《あざむ》いていたからくりの一端を強情な彼女の口から聞き出すことが出来ました。私の推察どおり、彼女が鎌倉へ来たがったのは、熊谷と遊びたかったからなのだそうです。しかし、彼との関係は飽くまでも否定しました。そこで、何か証拠でも得られるかもしれないと、大森の家へ行くことにしました。家に着いたのは午前の十時頃でした。

私は合鍵《あいかぎ》で扉をあけ、アトリエを横ぎり、彼女の部屋を調べるために屋根裏へ昇って行きました。そしてその部屋のドーアを開いた瞬間、私は思わず「あっ」と云ったなり、二の句がつげずに立ち竦《すく》んでしまいました。何と、そこには浜田が臥《ね》ころんでいるではありませんか！

私は浜田からすべてを聞き出しました。彼は私に始めて会う前からナオミと関係があったこと、夏のあいだしばしば大森の家で密会していて、今日もその約束だったこと、今ナオミを一番自由にしている男は熊谷であることなどを知りました。

＊＊＊＊

「譲治さん、堪忍してね、……」とナオミは詫《あや》まりましたが、「彼女の肌」と云う貴い聖地には、二人の賊の泥にまみれた足痕《あしあと》が永久に印せられてしまったのです。これを思えば思うほど口惜《くや》しいことの限りでした。ナオミが憎いと云うのでなしに、その出来事が憎くてたまりませんでした。

私はここで、男と云うものの浅ましさを白状しなければなりませんが、昼間はとにかく、夜の場合になって来ると私はいつも彼女に負けました。私が負けたと云うよりは、私の中にある獣性が彼女に征服されました。ナオミは私に取って、最早や貴い宝でもなく、有難い偶像でもなくなった代り、一箇の娼婦《しょうふ》となった訳です。そこには恋人としての清さも、夫婦としての情愛もない。そうそんなものは昔の夢と消えてしまった！

全く彼女の肉体の魅力、ただそれだけに引き摺《ず》られていたのです。私はその卑しむべき娼婦の姿を、さながら女神のように崇拝さえもしたのです。ナオミは私のこの弱点を面《つら》の憎いほど知り抜いていました。

その後、二人の間にはいさかいが度重なり、それが最後に爆発したのは、鎌倉を引き払ってから二箇月後の十一月のことでした。その日の朝、私はナオミの化粧の仕方がいつもより派手であるのに疑いを抱き、家を出るなり直《す》ぐ引っ返して裏口にある物置小屋の炭俵の蔭《かげ》に隠れていたのです。彼女は家を出ると、近くの曙楼《あけぼのろう》と云う旅館へ這入《はい》って行き、それから十分ぐらい後れて熊谷がやって来ました。かれこれ十一時頃、ナオミの姿が往来に現れました。私は彼女の後から家に這入り、「出て行け！」と、自分の耳ががんとする程怒鳴ったきり、私も二の句が継げなければナオミも何とも返辞をしません。その瞬間、私は実にナオミの顔を美しいと感じました。女の顔は男の憎しみがかかればかかる程美しくなるのを知りました。ナオミがじいッと視線を据えて、顔面の筋肉は微動だもさせずに、血の気の失《う》せた唇をしっかり結んで立っている邪悪の化身のような姿。——ああ、それこそ淫婦の面魂《つらだましい》を露《あら》わした形相でした。

「では御機嫌よう、どうも長々御厄介になりました」と、出て行くときにそう云った彼女の挨拶《あいさつ》は、至極あっさりしたものでした。

＊＊＊＊

ナオミが去って、せいせいとした気分になりましたが、直ぐにあの彼女の顔が胸に浮んで来ました。彼女の居場所を調べてもらった浜田から、ナオミにはたくさんの男がいて、口に出来ないようなヒドイ仇名《あだな》さえ附いていることを知りましたが、それでも私はあきらめることが出来ませんでした。

或る日、ナオミは荷物を取りにやって来て、それから毎日のようにあらわれました。とうとう私は、「ナオミ！　もうからかうのは好《い》い加減にしてくれ！　よ！　何でもお前の云うことは聴く！」と、彼女の足下に身を投げ、跪《ひざまず》いて云いました。

「己を馬にしてくれ、いつかのように己の背中へ乗っかってくれ」私はそう云って、そこへ四つン這いになりました。彼女は大胆な表情を湛《たた》え、私の背中に跨《また》がりながら、

「これから何でも云うことを聴くか。あたしに好きな事をさせるか」

「うん、聴く」

……こうして、私たちは以前のような夫婦に戻りました。彼女の浮気と我が儘《まま》とは昔から分っていたことで、その欠点を取ってしまえば彼女の値打ちもなくなってしまう。浮気な奴《やつ》だ、我が儘な奴だと思えば思うほど、一層可愛さが増して来ます。私自身は、ナオミに惚《ほ》れているのですから、どう思われても仕方がありません。

ナオミは今年二十三で私は三十六になります。


【編者からひとこと】

小説を読む楽しみのひとつに、そう言われてみれば、なるほどよく実感がこもっていると思える言葉や表現との出会いがある。たとえば、「床離れ」。「これ（或る東京の大使館から売り物に出た、天蓋《てんがい》の附いた、白い、紗《しゃ》のような帳《とばり》の垂れている寝台）を買ってから、ナオミは一層寝心地がよいのか、前よりもなお床離れが悪くなりました」とある。編者の場合、毎朝、床離れが悪いのは何のせいかと自問。

『細雪《ささめゆき》』

「なあ、こいさん、雪子ちゃんの話、又一つあるねんで。井谷さんが持って来やはった話やねんけどな。当人は四十一歳で初婚や云《い》やはるし」と幸子は妙子に云った。

「何で四十一まで結婚しやはれへなんだやろ」

「器量好みでおくれた、云うてはるねん」

井谷と云うのは、幸子たちが行きつけの美容院の女主人で、縁談の世話をするのが好きと聞いていたので、幸子はかねてから雪子のことを頼み込んでいた。

幸子の直《す》ぐ下の妹の雪子はいつの間にか婚期を逸してもう卅歳《さんじゅっさい》にもなっていた。その一番大きな原因を云えば、本家の姉の鶴子にしても、幸子にしても、又本人の雪子にしても、晩年の父の豪奢《ごうしゃ》な生活、蒔岡《まきおか》家と云う旧《ふる》い家名と昔の格式に囚《とら》われていて、初めは降る程あった縁談を、どれも物足りないような気がして断り断りしたものだから、次第に世間が愛憎《あいそ》をつかして話を持って行く者もなくなり、その間に家運は衰えて行った。女の子ばかりで男の子を持たなかった父は、晩年に隠居して家督を鶴子の夫である養子の辰雄《たつお》に譲り、次女幸子にも計理士をしている貞之助《ていのすけ》を婿《むこ》に迎えて分家させたが、辰雄は養父の死後、旧幕時代からの由緒《ゆいしょ》を誇る大阪・船場の店の暖簾《のれん》を蒔岡家からは家来筋に当る同業の男に譲り、自分は又もとの銀行員になった。

雪子を縁遠くしたもう一つの原因に、「新聞の事件」と云うものがあった。今から五六年前、当時廿歳《はたち》であった末の妹の妙子が、同じ船場の旧家である貴金属商の奥畑の忰《せがれ》と恋に落ちて家出した事件で、雪子をさしおいて妙子が先に結婚することは、尋常の方法ではむずかしいと見て、若い二人がしめし合わして非常手段に出たものであったが、運悪くそれが大阪の或《あ》る小新聞に出てしまった。而《しか》も妙子を間違えて、雪子と出、年齢も雪子の年になっていた。正誤の記事が新聞に載ったが、雪子が受けた災難は何としても償いようがなかった。

妙子は女学校時代から人形を作るのが上手で、百貨店の陳列棚へ作品が出るようになり、いまではアパートの一室を借りて仕事部屋にしているが、本家の兄は妙子が職業婦人めいて来ることには不賛成であった。

＊

「瀬越さん達にお引き合せ致しますが、もう蒔岡さんの方ではすっかりお調べがお済みになっていらっしゃいますのでしょうか」と、井谷は貞之助に云った。

「本家の連中は昔風で悠長だものですから。……御当人さえ立派な方なら、あとの調べは好《え》え加減なところで宜《よろ》しいやないかと、僕は極力勧めているのですが、まあ今夜の様子で、当人同士異存がないようなら、今度は多分纏《まと》まりそうに思われますな」

或る化学工業会社に勤めていると云う瀬越は、貞之助や幸子達が大体写真で想像していたような人柄で、目鼻立は端正であるが、孰方《どちら》かと云えば愛嬌《あいきょう》に乏しい、朴訥《ぼくとつ》な感じの、妙子が批評した通り「平凡な」顔の持ち主で、体の恰好《かっこう》、肉附、洋服やネクタイの好みに至る迄総《までふすべ》て平凡な、嫌味のない、堅実な会社員型であった。貞之助は、先《ま》ずこれならば第一印象は及第であると思った。

翌日、貞之助の事務所へ井谷がやって来て、瀬越は大変乗り気なのであるが、ただ、お嬢様のお人柄やお器量については全く申分ないけれども、いかにもお弱そうに見えるのが気になると云うことを伝えた。そこで、御安心のためにと、健康診断の結果とレントゲン写真を先方へ送ったところ、大変恐縮して、この上は自分があのお嬢さんの夫として及第するかどうか、御返事を待つばかりであると瀬越は云った。雪子のほうは、義兄や姉達の指図に任せると云う意向だった。

そうこうするうち、本家から、先達ての縁談について、瀬越のお母さんと云う人は、表向きは中風と云っているけれども、事実は一種の精神病であると云うことが分ったと知らせがあり、縁談は取りやめとなった。そう云えば、去年の春、今度のに似た話があって、而《しか》も相当の素封家と云うので、皆が乗り気になって、結納の日まで取り極めたところ、或る筋から、相手の男に深刻な関係を結んでいる女が附いていて、世間体を胡麻化《ごまか》すために妻を迎えようとしていることが分り、慌《あわ》てて取り消したことがあった。で、そのために一層本家の兄達が用心深くもなったのである。

＊＊

古今集の昔から、何百首何千首となくある桜に関する歌を、幸子は少女の時分には、何と云う月並なと思いながら無感動に読み過して来たが、年を取るにつれて、昔の人の花を待ち、花を惜しむ心がわが身に沁《し》みて分るようになった。そして、毎年春が来ると、夫や娘や妹たちを誘って京都へ花を見に行くことを、ここ数年来欠かしたことがなかったので、いつからともなくそれが一つの行事のようになっていた。

今年も幸子たちは、四月の中旬の土曜から日曜にかけて出かけた。二日目の朝、先ず広沢の池のほとりへ行って、水に枝をさしかけた一本の桜の樹《き》の下に、幸子、その一人娘の悦子、雪子、妙子と云う順に列《なら》んだ姿を、遍照寺山を背景に入れて貞之助がライカに収めた。大沢の池の堤の上へもちょっと上って見て、大覚寺、清涼寺、天竜寺の門の前を通り、法輪寺の山で弁当の折詰を開き、愛宕《あたご》電車で嵐山《あらしやま》に戻り、渡月橋の北詰に来て一と休みした後、タキシーを拾って平安神宮に向った。

神門をくぐった姉妹たちは、夕空にひろがっている紅の雲を仰ぎ見ると、皆が一様に、「あー」と、感嘆の声を放った。この一瞬こそ、二日間の行事の頂点であり、この一瞬の喜びこそ、去年の春が暮れて以来一年に亘《わた》って待ちつづけていたものなのである。彼女たちは、ああ、これでよかった、来年の春も亦《また》この花を見られますようにと願うのであるが、幸子一人は、来年自分が再びこの花の下に立つ頃には、恐らく雪子はもう嫁に行っているのではあるまいか、花の盛りは廻って来るけれども、雪子の盛りは今年が最後ではあるまいかと思い、自分としては淋《さび》しいけれども、雪子のためには何卒《どうぞ》そうであってくれますようにと願った。

＊＊＊

辰雄は東京の丸の内支店長に栄転ときまり、本家は東京へ移住することになった。その年の八月末、辰雄夫婦と十四歳を頭に六人の子供、雪子、それに女中と子守を連れ、総勢十一人で大阪駅を発《た》った。待合室には早くから受付が出、百人近くも集ったし、見送り人の中には先代の恩顧を受けた芸人、女将《おかみ》や老妓《ろうぎ》もいて、さすがに昔日の威勢はなくとも、旧い家柄を誇る一家が故郷の土地を引き払うだけのものはあった。

東京での生活に慣れないため郷愁病にとりつかれた雪子は、新しい年の春、見合いのために久しぶりに神戸に戻って、嬉《うれ》しさが込み上げて来るのを感じた。見合いのほうは、相手が四十六歳だと云うのにあまりに老人臭いので断り、去年と同じように花見を楽しんでから東京へ帰って行った。

その年は例年よりも降雨量が多く、七月に這入《はい》ってから、三日、四日と終日降り暮し、五日の明け方からは俄《にわか》に沛然《はいぜん》たる豪雨となっていつ止《や》むとも見えぬ気色であった。それが記録的な悲惨事を齎《もたら》した大水害を起そうとは誰にも考え及ばなかった。蘆屋《あしや》の家では、七時前後に先ず悦子が、いつものように女中のお春に附き添われて、土砂降りの中を学校へ、九時前には、洋裁を習い始めた妙子が本山村の洋裁学校へ行った。それからしばらくして貞之助は、けたたましいサイレンの音を聞いた。様子を見に行ったお春の話では、家の一つ東の辻《つじ》まで水が来ていて、山手から海の方へ滔々《とうとう》たる勢で流れていると云う。貞之助は悦子を学校から連れて帰ると、握飯と少量のブランデーと薬品を二三種類ポッケットに入れ、妙子を捜しに、又出かけた。本山村のほうは、一面が茫々《ぼうぼう》たる濁流の海で、人が畳の上に乗って流されていると云う。

妙子が貞之助とともに帰って来たのは、すっかり日が暮れてからだった。悪天候で欠席者が多かったため、洋裁学校は休校になり、校長の玉置女史に誘われて、別棟の女史の住宅で暫《しばら》く話をしていると、濁流が室内に流れ込んできて、瞬《またた》く間に水嵩《みずかさ》が増し、テーブルの上に立って、水面に首だけ出し、もうこれまでと思ったとき、窓の外に人影が現れ、屋根の上に引上げられて助かった、と、妙子は遭難の顚末《てんまつ》を話した。

＊＊＊

妙子を救ったのは、以前奥畑商店の丁稚《でっち》をしていて、亜米利加《アメリカ》へ渡って写真術を学び、帰朝後、神戸で写真館を経営している板倉という人物である。亜米利加仕込みの、隙間《すきま》があれば何処《どこ》へでも喰い込んで行くと云った風な如才のない男で、蒔岡家に屢々《しばしば》出入りし、妙子の写真を撮ったこともあった。妙子は、奥畑にも未練があったが、今では、命の恩人である板倉と結婚するのが自分を幸福にする道であると、思うようになっていた。彼女はもう、家柄とか、親譲りの財産とか、肩書だけの教養とか云うものには少しも誘惑されなくなった、自分はそれよりも実利主義で行く、自分の夫となるべき人は、強健なる肉体の持主であることと、腕に職を持っていることと、自分を心から愛してくれ、自分のためには生命をも捧《ささ》げる熱情を有していること、この三つの条件にさえ叶《かな》う人なら、外のことは問わない、と云うのであった。まさに板倉にはこの三つの条件が揃《そろ》っていた。二人は結婚の約束をしたと云うのである。

「なあ、こいさん、……そんなことされたら、本家にも世間にも、あたしが顔向け出来んようになるよってに」と云う幸子の言葉にも、妙子は動かされなかった。

妙子は、婦人洋服店を始めて、職業婦人として自立したいが、それに必要な資金を本家から引き出すために東京へ行くと云い出し、幸子が附いて上京することになった。ところが、耳の手術で入院していた板倉の様態が急変したと云う連絡があって、二人は急遽《きゅうきょ》、神戸に帰った。板倉は中耳炎で或る耳鼻咽喉《いんこう》科へ通っていたが、乳嘴《にゅうし》突起炎を起して手術を受け、傷口から黴菌《ばいきん》が這入って、左脚が脱疽《だつそ》にかかっていると云う。妙子が駆けつけたとき、病人は全く唯《ただ》「痛い痛い」と云いつづけるところの、何か、人間離れのした、一箇の呻《うめ》く怪物の如《ごと》き存在に化してしまっていた。

幸子は、最も恐れるのは、病人とこいさんとの間に許婚《いいなずけ》の関係でもあったかの如く世間から誤解されることであって、蒔岡の家名と、取り分け雪子ちゃんへの影響と云うことを、念頭に置いて行動してくれるように、少しくど過ぎるくらいに妙子に云った。板倉は左脚の切断手術を受けてから間もなくして亡《な》くなった。

＊＊＊＊

雪子は三十三の厄年になっていた。母の二十三回忌と、父の十七回忌が二年繰上げて行われ、そのまま神戸に残っていた雪子に幸子の友人の丹生《にう》夫人から見合い話が持込まれた。相手の橋寺は、四十六歳になる製薬会社の重役だと云う。

貞之助は暫く話しているうちに、この男がなかなか社交的に訓練された円みのある人物だと分った。顔から手頸《てくび》、指の先に至るまでむっちりと脂肪分の行き亘《わた》った色白な皮膚で、目鼻立ちの整った豊頰《ほうきょう》の好男子であるけれども、肥えているために軽薄には見えず、年相応に貫禄《かんろく》のついた紳士で、先ず今日迄の見合いで出遇《であ》った候補者の中では、この男の風采《ふうさい》が一等であるかも知れない。幸子も、今迄に随分多くの縁談が持って来られたけれども、何と云っても今度のが一番であると思った。その後、お互いに家を訪問し、上々の首尾と思われた或る日、丹生夫人から電話がかかってきた。

「ああ幸子さん、今橋寺さんから電話があって、大変憤慨してらっしゃるようなんだけど、……橋寺さんは二人きりでゆっくり話し合って見ようと思い、散歩に行くように誘って、御都合は如何《いかが》ですと云っても、はいあのう、はいあのうを繰り返すばかりで、問い詰めると聴き取れないような細い声で、ちょっと差支えがございますので、……と、やっとそれだけ云って、あとは一と言も云わない。僕はあんな因循姑息《こそく》なお嬢さんは嫌いです、僕はこの縁談はキッパリお断りします、と云うんですの」

一部始終を聞いて、貞之助は云った。

「ああ云う風な引っ込み思案の、電話も満足によう懸けんような女性にも亦自《またおのずか》らなるよさがある。それを一概に時代後れ、因循姑息と云う風に見んと、そう云う人柄の中にある女らしさ、奥床しさ云うもんを認めてくれる男性もあるやろうと思う。それが分るような男でなければ、雪子ちゃんの夫になる資格はないねんな」

＊＊＊＊＊

昭和十五年の秋、新式の美容術を研究するために渡米する井谷から、幸子は、維新の際に功労のあった子爵《ししやく》の庶子の御牧《みまき》と云う人を紹介された。学習院を出て東大の理科に在学したこともあったが、仏蘭西《フランス》で暫く絵を習い、亜米利加で航空学を修め、今から八九年前に帰朝し、建築設計の仕事をしていると云う、四十五歳になる人物である。

幸子と雪子、妙子の三人は井谷の見送りを兼ねて上京し、帝国ホテルの一室で御牧に会った。頭は禿《は》げていて、色が黒く、所謂《いわゆる》好男子ではないが、流石《さすが》に育ちのよいところが窺《うかが》われる立派な顔だちで、逞《たくま》しい健康の持主と見えた。雪子にしては珍しくその晩は打ち興じて、割合によくしゃべりもし、笑いもした。御牧は、京都か大阪に家を持ちますと再三繰り返したが、幸子は雪子がこのような人を夫に持つのなら、居住地などは問題でないようにさえ思った。

十一月の下旬、御牧が神戸にやって来て、オリエンタルホテルのグリルで食事をした。御牧の態度は東京の時と少しも変らず、初対面の貞之助の前でも、磊落《らいらく》で、話上手で、肌触りのよいところを発揮した。もうここいらが望み得る最上の縁であるかも知れない、と貞之助は思った。

年が改まって、結納は三月下旬、挙式は四月二十九日の天長節にすることに決まった。その頃、妙子は、三好と云うバアテンの子を宿し、密《ひそ》かに病院で予定日の近づくのを待っていた。四月からお米も通帳制度になったので、思い切り地味な作りをして、毎年恒例の花見に日帰りで出かけた。大沢の池のほとりの花の下でつつましやかに弁当を開き、塗盃《ぬりさかずき》に冷めたい酒をしめやかに飲み廻しただけで、何を見たやら分らない気持で帰って来た。

妙子は子供を死産し、兵庫のほうで三好と夫婦暮しを始めた。雪子は貞之助夫妻とともに夜行で東京に向った。

【編者からひとこと】
「細雪」はその字の通り、細かに降る雪のことであるが、作中では一片の雪も降っていない。いったいどのようなところから作者はこの長編小説にこのような題名をつけたのであろうか。このかねてからの疑問に、ふと、ひとつの思いつきが到来した。「細雪」とは、吹雪のように散る桜の花びらのことではなかろうか、と。花見はこの小説の重要な主題であり、その中心にいるのが「雪子」である。

『鍵《かぎ》』

一月一日。……僕ハ今年カラ、今日マデ日記ニ記スコトヲ躊躇《ちゅうちょ》シテイタヨウナ事柄ヲモ敢《あえ》テ書キ留メルヿ《こと》ニシタ。僕ハ自分ノ性生活ニ関スルヿ、自分ト妻トノ関係ニツイテハ、アマリ詳細ナヿハ書カナイヨウニシテ来タ。ソレハ妻ガコノ日記帳ヲ秘《ひそ》カニ読ンデ腹ヲ立テハシナイカト云ウヿヲ恐レテイタカラデアッタガ、今年カラハソレヲ恐レヌヿニシタ。古風ナ京都ノ旧家ニ生レ封建的ナ空気ノ中ニ育ッタ彼女ハ、マサカ夫ノ日記帳ヲ盗ミ読ムヨウナヿハシソウモナイケレドモ、果シテ彼女ハ夫ノ秘密ヲ探ロウトスル誘惑ニ打チ勝チ得ルデアロウカ。僕ハムシロ内々《ないない》読マレルヿヲ覚悟シ、期待シテイタノカモ知レナイ。……郁子《いくこ》ヨ、ワガ愛スルイトシノ妻ヨ、決シテコレハ偽リノ日記デナイヿヲ信ジテ欲シイ。連レ添ウテ二十何年ニモナリ、嫁入リ前ノ娘サエアル身デアリナガラ、寝床ニ這入《はい》ッテモ未《いま》ダニタダ黙々ト事ヲ行ウダケデ、彼女ト閨房《けいぼう》ノヿヲ語リ会ウ機会ヲ与エラレナイ不満ニ堪エカネテコレヲ書ク気ニナッタノダ。

僕ハ今年五十六歳(彼女ハ四十五ニナッタ筈《はず》ダ)ダカラマダソンナニ衰エル年デハナイノダガ、アノヿニハ疲レ易《やす》クナッテイル。正直ニ云ッテ、現在ノ僕ハ週ニ一回クライガ適当ナノダ。トコロガ彼女ハアノ方ハ病的ニ強イ。近頃ノ僕ハ性交ノ後デ実ニ非常ナ疲労ヲ覚エルガ、ソレナラ僕ハ彼女トノ性交ヲ嫌ッテイルノカト云《い》ウト、事実ハソレノ反対ナノダ。若カリシ頃ニ遊ビヲシタヿノアル僕ハ、彼女ガ多クノ女性ノ中デモ極メテ稀《まれ》ニシカナイ器具ノ所有者デアルヿヲ知ッテイル。彼女ハ僕ガ足ノfetishist デアルヿヲ知ッテイナガラ、ソノ美シイ足ヲ僕ニ見セヨウトシナイ。

一月四日。夫が散歩に出かけた留守に掃除をしに書斎に這入ったら、書棚の前に鍵《かぎ》が落ちていた。夫が日記をつけていることも、日記帳を小机の抽出《ひきだし》に入れて鍵をかけていることも、とうの昔から知っている。「読みたければ内証《ないしょ》で読め」と云っているのではなかろうか。実は私も、今年から日記をつけ始めている。但《ただ》し私はそれを夫に感づかれるようなヘマはやらない。私がこれを書く気になった第一の理由は、私には夫の日記帳の所在が分っているのに、夫は私が日記をつけていることさえ知らずにいる、その優越感がこの上もなく楽しいからである。……一昨夜は年の始めの行事をした。……夫は例に依《よ》り歓喜の頂天に達したらしいが、私は又例に依り物足りなかった。……

一月七日。木村ガ年始ニ来タ。一体妻ハ来客ニ対シテハ不愛想デアルガ、木村ニダケハ親シム。彼ヲ敏子ニ妻《めあ》ワセテハドウカト思ッテ、家庭ニ出入リサセ、妻ニソレトナク二人ノ様子ヲ見ルヨウニト命ジタカラナノデアルガ、敏子ハコノ縁談ニ気乗リガシテイナイラシイ。妻ハ自分デハ意識シテイナイノカモ知レナイガ、実際ハ木村ヲ愛シテイルヨウニ思エテナラナイ。……

一月八日。……久し振の長い抱擁。ああ、それにつけても、どうして彼はあんなにあの方面の精力が減退したのであろうか。私の淫蕩《いんとう》は体質的のものなので、自分でも如何《いかん》ともも出来ないことは、夫も察してくれるであろう。私は本来は、何処《どこ》までも昔風に、暗い奥深い閨《ねや》の中に垂れ籠《こ》めて、分厚い褥《しとね》に身を埋めて、夫の顔も自分の顔も分らないようにして、ひっそりと事を行いたいのだが……

一月十三日。……僕ハ木村ニ対スル嫉妬《しっと》ヲ享楽シツツアッタ、ト云エナイダロウカ。元来僕ハ嫉妬ヲ感ジルトアノ方ノ衝動ガ起ルノデアル。アノ晩僕ハ、木村ニ対スル嫉妬ヲ利用シテ妻ヲ喜バスヿニ成功シタ。我々夫婦ノ性生活ヲ満足ニ続ケテ行クタメニハ、木村ト云ウ刺戟剤《しげきざい》ノ存在ガ欠クベカラザルモノデアルヿヲ知ルニ至ッタ。

一月二十九日。……昨夜突然妻ガ人事不省ニナッタ。木村ガ来テ、四人デ食卓ヲ囲ンデイル最中ニ彼女ガ何処《どこ》カヘ立ッテ行ッタ。妻ハブランデーガ過ギルト中座スルヿガアル。妻ハ風呂《ふろ》ニ漬カッタママ睡《ねむ》ッテイタ。寝室ニ運ビ寝カセタ。脳貧血ダソウデ、ヴィタカンフルノ注射ヲシテ医者ガ帰ッテ行ッタノハ、夜中ノ二時デアッタ。見タトコロ深イ睡リニ落チテイルヨウニ見エタ。僕ハカネテカラ夢ミテイタヿガ今夜コソ実行出来ルト思イ、ソノ期待デ興奮シタ。書斎カラ蛍光燈ランプヲ持ッテ来タ。イツカハ蛍光燈ノ明リノ下ニ妻ノ全裸体ヲ曝《さら》シテ見タイト云ウ慾望ニ燃エテイタノダッタ。……スベテハ予期ノ如クニ行ッタ。僕ハ結婚後始メテ、自分ノ妻ノ全裸体ヲ、就中《なかんずく》ソノ下半身ヲ残ル隈《くま》ナク見ルヿヲ得タノデアル。僕ノ想像ヲ絶シテイタノハ、シミヤ斑点ガ全クナイ全身ノ皮膚ノ純潔サダッタ。僕ハ、アノ素晴ラシイ美シイ足ヲ、思ウ存分我ガ舌ヲ以《もっ》テ愛撫《あいぶ》シ尽シタイト云ウ念願ヲ、始メテ果タスヿガ出来タ。今夜ノ僕ハイツモノ意気地ノナイ僕デハナク、相当強力ニ、彼女ノ淫乱ヲ征服出来ル僕デアッタ。彼女ハ今マデニナイヿニハ、僕ノ胸、腕、頬、頸《くび》、脚ナドヲ手デ探ルヨウナ動作ヲシタ。彼女ノ口カラ「木村サン」ト云ウ一語ガ譫言《うわごと》ノヨウニ洩《も》レタノハコノ時ダッタ。

一月三十日。……夫は今までにただの一度もあれほどの快感を与えてはくれなかった。夫婦生活を始めてから二十何年間、夫は何とつまらない、生ぬるい、煮えきらない、後味の悪いものを私に味わわせていたことだろう。今にして思えばあんなものは真の性交ではなかったのだ。——夫に抱かれながら、私はそれを木村さんと感じていた。一度、夢や幻覚ではなく、実際に木村さんのハダカを見てみたい気がする。……

一月三十日。……今夜モスベテ一昨日ノ通リデアッタ。妻ハ風呂場デ倒レ、ソノ後ノ僕ノ行動モ同ジ。ソシテ最モ奇怪ナノハ、妻ノアノ「木村サン」ト云ウ譫言モ同ジ。

二月十九日。……敏子は別居した。このところ殆《ほとん》ど三日置きぐらいに木村さんが来てブランデーが始まり、その度毎《たびごと》に私が風呂場で倒れるので、敏子も愛憎《あいそ》が尽きたのであろう。彼女は父母の閨房を誤解し、生来淫蕩なのは父だと思っているらしい。「ママはパパに殺されるわよ」とたった一言警告を発して行った。

二月二十四日。……木村ガ持ッテ来タポーラロイドカメラハ既ニ二晩使用シタ。写真ハ全裸体ノ正面ト背面、各部分ノ詳細図、イロイロナ形状ニ四肢ヲ歪曲《わいきょく》サセ彎屈《わんくつ》サセ、最モ蠱惑《こわく》的ナル角度カラ撮ッタ。コレラヲ僕ノ日記帳ニ貼付《てんぷ》シテオケバ、妻ハ必ズコレラノ写真ヲ見ルニ違イナイ。彼女ハ自分ノ姿態ノ美ヲ発見シ、僕ガイカニソレヲ見タガッテイルカノ理由ヲ解シ、僕ニ同感——ムシロ感激スルデアロウ。

二月二十七日。表紙に貼《は》っておいたセロファンテープから、夫がこの日記帳を盗み読みしたことは疑いない。今後日記を附けることを継続すべきであろうか。矢張継続して然《しか》るべきであるように思う。つまりこれからは、こう云う方法で、間接に夫に物を云うのである。直接には耻《はず》かしくて云えないことも、この方法でなら云える。

三月三日。ポーラロイドハ止メテ、ツワイス・イコンデ撮ッタ三十六枚ノフィルムノ現像ヲ木村ニ委嘱スルヿニシタ。妻ハ自分ノ耻カシイ姿ヲ木村ニ見ラレテシマッタ以上、自分ハ木村ト不義ヲスルヿヲ夫ニ許サレタモ同然デアルト考エルニ至ルカモ知レナイ。因果ナヿニ、僕ハソコマデ想像スルトイヨイヨ溜《たま》ラナイ嫉妬ヲ感ジ、ソノ嫉妬ノ快感ノ故《ゆえ》ニ敢《あえ》テソノ危険ヲ冒シテミタクナルノデアッタ。

三月十日。目下ノトコロ、僕ハ自分ニモ不思議ナクライ旺盛《おうせい》ナ慾望ニ駈《か》ラレテイル。精力ノ補給ノタメニ相馬博士ニ相談シ、大体月ニ一回男性ホルモンヲ用イテイルノダガ、ソレダケデハマダ不足ナ気ガシテ、相馬氏ニハ内証デ、脳下垂体前葉ホルモンヲ三日カ四日オキニ注射シテイル。サシアタリハ妻ヨリモ僕ノ方ガ遥《はる》カニ淫蕩ナ男ニナッタ。コンナ幸福ガイツマデモツヅク筈ハナイ、自分ハ刻々ニ命ヲ削リツツアル┃ヲ予感モシテイル。ベッドカラ起キタ途端ニ、スベテノモノガ二重ニナッテ見エタ。又木村ニ電話ヲ懸ケヨウトシタラ、彼ノ学校ノ電話番号ガドウシテモ浮カンデ来ナイ。ソノ学校ノ校名ヲ思イ出ソウトシテ見タガ、ソレモ駄目デアッタ。若《も》シコノ状態ガ持続スレバ、ヤガテ僕ハ大学教授ノ職ニ堪エナクナリハシナイカ。

三月二十六日。……これで夫のいない所で木村さんに逢《あ》うことが三回に及んだ。私はどんなに酔っていたとしても、最後の一線だけは強固に守り通したと思っている。

三月二十八日。……大学ノ眼科デ検査ヲシテ貰《もら》ウ。眩暈《めまい》ハ脳動脈硬化ノ結果デアルト云ワレル。血圧ハ上ハ二百以上、下モ百五六十アル。失礼デスガコイトスヲ慎シム┃デスナ、ト相馬氏ハ云ッタ。……サシアタリ僕ハ医師ノ忠告ニハ耳ヲ藉《か》サナイ。ココマデ来テハ後戻リハ出来ナイ。

三月三十一日。……昨夜夫婦は酒の気なしに寝に就いた。夜中、私は螢光燈の煌々《こうこう》とかがやく下で夜具の裾《すそ》の方から左の足の爪先《つまさき》を、わざとちょっぴり外に出して見せた。夫はすぐに気がついて私のベッドへ這入《はい》って来た。アルコールの力を借りないで、眩《まばゆ》い燭光《しょっこう》を強く浴びつつ事を行って成功したのは珍しいことであった。この奇蹟《きせき》的な出来事に夫は明かに異常な興奮の色を示した。……

三月三十一日。……妻ハ昨夜僕ヲ驚喜セシメタ。彼女ガコンナニ種々ナ技巧ヲ心得テイルトハ意外デアッタ。……眩暈ガアマリ激シイノデ、血圧ノ検査ヲシテ貰ウ。血圧計ガ破レテシマウホド血圧ガ高イト云ウ。至急スベテノ仕事ヲ廃シ、絶対安静ノ必要ガアルト云ワレル。……

四月十五日。……正月以来、妻ヲ喜バスヿニノミ熱中シテイタラ、イツノマニカ淫慾以外ノスベテノヿニ興味ヲ感ジナイヨウニナッタ。頭ニ浮カブノハ妻ト寝ルヿニ関シテノ妄想ノ数々バカリデアル。昔カラドンナ場合デモ読書ヲ廃シタヿハナカッタノニ、終日何モ読マズニイル。今ヤ自分ハ夜ダケ生キテイル動物、妻ト抱擁スル以外ニハ能ノナイ動物ト化シ終ッタ。

四月十七日。夫に取っても私に取っても重大な事件の起った日。私はいつもの家で木村氏に逢い、いつものようにして楽しい日曜日の半日を暮らした。私と木村氏とはありとあらゆる秘戯の限りを尽して遊んだ。私は木村氏がこうして欲しいと云うことは何でもした。何でも彼の注文通りに身を捻《ね》じ曲げた。今日も私は、昼間木村と演じた痴戯の一つ一つを、そのままもう一度夫を相手に演じて見せた。そして木村を抱き締めたと同じ力でこの男を強く抱き締め、この男の頸に一生懸命獅嚙《しが》みついた。その途端、夫の体が俄《にわ》かにぐらぐらと弛緩《しかん》し出して、私の体の上へ崩れ落ちて来た。

六月九日。……夫は二回目の脳溢血《のういっけつ》の発作を起し、五月二日の午前三時前後に亡《な》くなった。もう日記を書く「張り合い」がなくなったが、実は私は彼と結婚したその翌日あたりから、ときどき彼の日記帳を盗み読む習慣を持ち始めていた。私は夫の生命を心配しない訳ではなかったが、飽くことを知らぬ性的行為の満足の方がもっと切実な問題であった。私は何とかして彼に死の恐怖を忘れさせ、「木村ト云ウ刺戟剤」を利用して嫉妬を煽《あお》り立てることに懸命になっていた。……私の心に重大な決意が出来上るようになったのは四月上旬あたりで、私はきっぱりと、自分の愛が木村の上にあって夫の上にはないことを、自ら認めるようになった。夫を一日も早く死の谷へ落し込むため、私は息《いこ》う暇なく興奮させ、その血圧を絶えず上衝させることに手段を悉《つく》した。終局に於《お》いて矢張私は亡くなった夫に忠実を尽くしたことになるのである。夫は彼の希望通りの幸福な生涯を送ったのであると、云えるような気がしないでもない。木村の計画では、今後適当な時期を見て彼が敏子と結婚した形式を取って、私と三人でこの家に住む。敏子は世間体を繕うために、甘んじて母の犠牲になる、と、云うことになっているのであるが。……

【編者からひとこと】
この小説の主人公の日記のなかに、「フォークナーノサンクチュアリヲ読ミカケテ……」（一月七日）という一節がある。編者はこの一節がきっかけで、高校時代、このアメリカのノーベル文学賞作家に興味をもち、そのほぼ全作品を読破するに到った。編者にとって『鍵』はまず何よりもウィリアム・フォークナーの名と結びついている。忘れがたい「読書の連鎖反応」のひとつである。

齋藤　孝

【さいとう・たかし】

1960年静岡県生れ。東京大学法学部卒。同大学院教育学研究科博士課程を経て、明治大学文学部教授。専門は教育学、身体論、コミュニケーション技法。

声に出して読みたい谷崎潤一郎

女性崇拝のうねうね文豪——谷崎潤一郎

うーん、男ってあんまりできすぎるとマゾになっちゃうのかなあ。『痴人の愛』を読んだ高校生の私は、何となくそんなことを思った。主人公の譲治さんは、さほどできる男というわけではない。美少女ナオミを自分の好みの女性に育て上げて妻にするが尻《しり》に敷かれるようになる。もっともこれは半分譲治さんも望んでいたことだ。できすぎる男というのは、譲治さんではなく、谷崎のことだ。谷崎自身は、幼い頃から非常に優秀であった。どれほど頭がよい男であったかということは、谷崎の残した作品を見れば一目瞭然《いちもくりょうぜん》だ。感覚が優れているだけではない。勉強もできる。しっかり資料を読み込み、文体の一つひとつを精密に磨き上げていく。

これほど見事な作品を大量に残した谷崎からすれば、自分以外のたいていの男は取るに足らない者に見えたのではなかろうか。男は通常は、男に勝つことを強く意識して生きている。男同士の嫉妬《しっと》や競争心は根深いものだ。自分のプライドを守るために、必死に他の男の評価を低くしようとする。谷崎の作品には、男同士の競争や嫉妬心をほとんど感じない。男の意識は、まっすぐ女に向かっている。あるときは、ナオミのような奔放な女であり、あるときは母であったりもする。いずれにせよ、崇高な女性の美へ向かって、男は突進していく。谷崎自身も、男などはどうでもよかったのではないか。自分自身が生涯どんなに努力しても到達できない「女性の美」にすべてを投げ出してしまう。眼中に男なし。谷崎先生の莫大《ばくだい》な知・情・意のエネルギーは、ひたすら崇高なる女性に注ぎ込まれたのであった。

高校生の私が興奮させてもらった『痴人の愛』にも、狂おしいほどの女性への思いが描かれている。ナオミを育て上げようとしては見たものの、彼女に好き放題にやられて、譲治さんはついに「出て行け！」と叫ぶ。「見れば眼の毒」のナオミがいなくなって譲治さんはせいせいする。しかし、一時間くらいでナオミのことが異常に恋しくなってしまう。

椅子《いす》に腰かけてほっと一と息ついたかと思うと、間もなく胸に浮かんで来たのは、さっきのナオミの、あの喧嘩《けんか》をした時の異常に凄《すご》い容貌《ようぼう》でした。「男の憎しみがかかればかかる程美しくなる」と云《い》った、あの一刹那《いちせつな》の彼女の顔でした。それは私が刺し殺しても飽き足りないほど憎い憎い淫婦《いんぷ》の相で、頭の中へ永久に焼きつけられてしまったまま、消そうとしてもいっかな消えずにいたのでしたが、どう云《い》う訳か時間が立つに随《したが》っていよいよハッキリと眼の前に現れ、未《いま》だにじーいッと瞳《ひとみ》を据えて私の方を睨《にら》んでいるように感ぜられ、しかもだんだんその憎らしさが底の知れない美しさに変って行くのでした。

ナオミに去られた譲治さんは、どうしてあのときナオミの足下に跪《ひざまず》いてしまわなかったかと深く後悔する。一瞬の表情が頭に焼き付いて離れない。これはもう譲治さんの負けだ。しかもその表情が普通の表情ではない。

考えて見ると彼女の顔にあんな妖艶《ようえん》な表情が溢《あふ》れたところを、私は今日まで一度も見たことがありません。疑いもなくそれは「邪悪の化身」であって、そして同時に、彼女の体と魂とが持つ悉《ことごと》くの美が、最高潮の形に於《お》いて発揚された姿なのです。

譲治さんはすっかり頭が熱くなってしまい、昔ナオミを背中へ乗せながらハイハイ、ドウドウと部屋の中を這《は》い回って遊んだことを思い出し、一人で四つんばいになってぐるぐる回ってしまう。しかも、ご丁寧に、ナオミのたびを両手にはめて部屋を這い回ってしまうのだから、これはもう終わっている。

しかも譲治さん「ナオミの成長」と題した写真帳を作ってもいた。それを眺めていると、いよいよああ本当に大変な女を逃がしてしまったと狂おしくなってしまう。全身をくまなく撮った数々の写真を見つめる。

ここに至ってナオミの体は全く芸術品となり、私の眼には実際奈良《なら》の仏像以上に完璧《かんぺき》なものであるかと思われ、それをしみじみ眺《なが》めていると、宗教的な感激さえが湧《わ》いて来るようになるのでした。

美少女を教育して自分の理想の女性に仕立て上げる。これはよく見られる男の欲望だ。しかし谷崎先生の場合は、せっかくの教育欲で育て上げた女性が、自分の美の力に目覚めてしまい、当の男がちっぽけなものに思えてくるのである。

女性が自分の力に目覚めて豹変《ひょうへん》するときのすごみは、格別だ。ナオミを探し出した譲治さんは、ナオミに謝り、自分を馬にしてくれといって四つんばいになる。

一瞬間、ナオミは私が事実発狂したかと思ったようでした。彼女の顔はその時一層、どす黒いまでに真っ青になり、瞳を据《す》えて私を見ている眼の中には、殆《ほとん》ど恐怖に近いものがありました。が、忽《たちま》ち彼女は猛然として、図太い、大胆な表情を湛《たた》え、どしんと私の背中の上へ跨《また》がりながら、

「さ、これでいいか」

と、男のような口調で云《い》いました。


自分の美の力に目覚め、豹変する女。谷崎のデビュー作『刺青《しせい》』では、刺青師《ほりものし》の清吉は、ある美しい娘に蜘蛛《くも》の刺青を彫り込もうとする。娘は初め断るが、清吉は、俺がお前を立派な器量の女にしてやるから、と言い、麻酔で眠らせて彫り込んでしまう。精力のすべてをかけて仕事を成した清吉はこう言う。

「己《おれ》はお前をほんとうの美しい女にする為《た》めに、刺青《ほりもの》の中へ己《おれ》の魂をうち込んだのだ、もう今からは日本国中に、お前に優《まさ》る女は居ない。お前はもう今迄《いままで》のような臆病《おくびょう》な心は持って居ないのだ。男と云《い》う男は、皆なお前の肥料《こやし》になるのだ。……」

その言葉が通じたか、かすかに、糸のような呻《うめ》き声が女の唇にのぼった。娘は次第々々に知覚を恢復《かいふく》して来た。重く引き入れては、重く引き出す肩息に、蜘蛛《くも》の肢《あし》は生けるが如《ごと》く蠕動《ぜんどう》した。

「苦しかろう。体を蜘蛛《くも》が抱きしめて居るのだから」

嫌がっていたはずの娘だが、清吉の言葉を聞いて、瞳を輝かした。

「親方、早く私に背《せなか》の刺青《ほりもの》を見せておくれ、お前さんの命を貰《もら》った代りに、私はさぞ美しくなったろうねえ」

娘の言葉は夢のようであったが、しかしその調子には何処《どこ》か鋭い力がこもって居た。

娘が、自分の力に目覚めていく。娘は、親方にこう言い放つ。

「親方、私はもう今迄《いままで》のような臆病《おくびょう》な心を、さらりと捨ててしまいました。――お前さんは真先に私の肥料《こやし》になったんだねえ」

と、女は剣《つるぎ》のような瞳を輝かした。その耳には凱歌《がいか》の声がひびいて居た。

娘は、「立派な器量の女」になりすぎてしまったというわけだ。育てたはずの女が器量が大きくなりすぎて、自分を見下げてしまう。これは一見不幸なことのようだが、女の崇高な美の前にひれ伏したいと思う者にとっては本望といえるだろう。『幇間《ほうかん》』という短編も私は好きだ。桜井という男が、自分から進んで太鼓持ちになって周りのご機嫌を取る。旦那衆《だんなしゅう》の身分にあるときも、からだをぐにゅぐにゅさせて機嫌をとってまわる。友人に対してもすっかり太鼓持ち気分だ。


「ええ、どうか手前へも御祝儀《ごしゅうぎ》をおつかわし下さいまし。」

屹度《きっと》こう云《い》います。芸者が冗談にお客の声色《こわいろ》を遣《つか》って、

「あア、よしよし、これを持って行け。」

と紙を丸めて投げてやると、

「へい、これはどうも有難うございます。」

とピョコピョコ二三度お時儀《じぎ》をして、紙包を扇の上に載せ、

「へい、これは有難うございます。どうか皆さんもうすこし投げてやっておくんなさい。もうたった二銭がところで宜《よろ》しゅうございます。親子の者が助かります。兎《と》角《かく》東京のお客様方は、弱きを扶《たす》け、強きを挫《くじ》き……」
と、縁日の手品師の口調でべらべら弁じ立てます。

自分がへりくだって太鼓持ちになることで見えてくる世界は、旦那衆のものとは違う。プライドのしがらみから解放され、周りをご機嫌にすることで幸せになる。考えてみれば、これはなかなか結構な性癖だ。ある程度以上の知力がないと、なかなかご機嫌を上手に取ることは難しい。自分から身分を落とすというのも、頭のいい人間だけが味わいうる快感かもしれない。

この『幇間』という話には、のんびりとした空気が流れている。日本の社会がかつて持っていたゆったりとした時間の流れ。そこで交わされる人々の情感。こうした繊細で緩やかな気分を味わうことができるのも、谷崎文学の大きな魅力だ。『刺青』の冒頭は、こう書かれている。

それはまだ人々が「愚《おろか》」と云《い》う貴い徳を持って居て、世の中が今のように激しく軋《きし》み合わない時分であった。

桜井も世間から見れば変人に過ぎないが、失われゆく緩やかで贅沢《ぜいたく》な時間の継承者として見るとき、また違った価値を帯びてくる。桜井は、いろいろな伝統芸を身につけており、言葉遣いも伝統をふまえ見事だ。かつての日本の、とりわけ上流社会が持っていた贅沢で緩やかな雰囲気は、『細雪《ささめゆき》』に絵巻物のように描写されている。舞台は、昭和十年代の関西の上流社会。美しい四人姉妹が生き生きと会話をする。

「中姉《なかあん》ちゃん、その帯締めて行くのん」

と、姉のうしろで妙子《たえこ》が帯を結んでやっているのを見ると、雪子《ゆきこ》は云《い》った。

「その帯、――――あれ、いつやったか、この前ピアノの会の時にも締めて行ったやろ」

「ふん、締めて行った」

「あの時隣に腰掛けてたら、中姉《なかあん》ちゃんが息するとその袋帯がお腹《なか》のところでキュウ、キュウ、云《い》うて鳴るねんが」

「そやったか知らん」

「それが、微《かす》かな音やねんけど、キュウ、キュウ、云《い》うて、息《いき》する度《たび》に耳について難儀したことがあるねんわ、そんで、その帯、音楽会にはあかん思うたわ」

「そんなら、どれにしょう。――――」

何気ない会話だが、実に自然な関西の言葉で生き生きと生活の一場面が切り取られている。まるですぐそばで話しているように聞こえるほど、自然な話し言葉だ。この関西言葉での自然さは、谷崎が意識的に獲得していった技だ。谷崎は日本橋生まれだ。関東大震災を機に関西へ移り住んだ。関西の雰囲気や言葉遣いに、伝統的な日本の美しさを感じた。

姉妹が連れ立って桜見に行く場面の描写は、華やかだ。日本人は、古今集の昔から、何千首となく桜の花を歌ってきた。それを月並みと思うのは少女だ。四人姉妹の二番目の幸子《さちこ》はこう感じるようになった。

——少女の時分にはそれらの歌を、何と云《い》う月並なと思いながら無感動に読み過して来た彼女であるが、年を取るにつれて、昔の人の花を待ち、花を惜しむ心が、決してただの言葉の上の「風流がり」ではないことが、わが身に沁《し》みて分るようになった。そして、毎年春が来ると、夫や娘や妹たちを誘って京都へ花を見に行くことを、ここ数年来欠かしたことがなかったので、いつからともなくそれが一つの行事のようになっていた。

毎年同じことを繰り返す。平凡なようだが、一人ひとりが状況が変わり年老いていく。散る花を惜しむとともに、こうして一緒に花見がいつまでできるのかという家族の絆《きずな》を惜しむ気持ちも起こる。繰り返し季節は巡る。しかし春は、同じ春ではない。花見が、人生の重要なイベントになっている。そんな生活は、いかにも日本的なる暮らし方である。

幸子にとっては、花は京都の花でなければ見たような気がしない。南禅寺で食事をし、祇園《ぎおん》の夜桜を見、旅館に泊まって、明くる日嵯峨《さが》から嵐山《あらしやま》へ行き、最後に平安神宮の桜を見る。その桜こそが、京洛《きょうらく》の春を代表するものだからだ。花見にこれほどまでの期待と精力をかける生き方は、静かだが、ある意味官能的な生活だ。

されば、彼女たちは、毎年二日目の午後、嵯峨《さが》方面から戻って来て、まさに春の日の暮れかかろうとする、最も名残《なごり》の惜しまれる黄昏《たそがれ》の一時《ひととき》を選んで、半日の行楽にやや草臥《くたび》れた足を曳《ひ》きずりながら、この神苑《しんえん》の花の下をさまよう。そして、池の汀《みぎわ》、橋の袂《たもと》、路《みち》の曲り角、廻廊の軒先、等にある殆《ほとん》ど一つ一つの桜樹《さくらぎ》の前に立ち止って歎息《たんそく》し、限りなき愛着の情を遣《や》るのであるが、蘆屋《あしや》の家に帰ってからも、又あくる年の春が来るまで、その一年じゅう、いつでも眼をつぶればそれらの木々の花の色、枝の姿を、眼瞼《まぶた》の裡《うち》に描き得るのであった。

この姉妹があまりにも艶《あで》やかで美しいので、花見に来ている他の客は、桜を背景にして彼女たちを写真に撮る。ある人が撮ってくれた写真が非常に美しいものであった。

それはこの桜の樹《き》の下に、幸子と悦子《えつこ》とが彳《たたず》みながら池の面に見入っている後姿を、さざ波立った水を背景に撮ったもので、何気なく眺《なが》めている母子《おやこ》の恍惚《こうこつ》とした様子、悦子の友禅の袂《たもと》の模様に散りかかる花の風情《ふぜい》までが、逝《ゆ》く春を詠歎《えいたん》する心持を工《たく》まずに現わしていた。以来彼女たちは、花時になるときっとこの池のほとりへ来、この桜の樹《き》の下に立って水の面をみつめることを忘れず、且《かつ》その姿を写真に撮ることを怠《おこた》らないのであった………

判で押したように、同じ行動をとる。それはまるで地球が太陽の周りを正しい周期を守って運行するようなものだ。暦というものが生活の中で大きな比重を占めていた、そんな暮らしのあり方が今から見るとかぐわしい。人間が変わりゆくものだからこそ、生活の習慣はできるだけ周期的なものにする。そうすることで安心が得られる。平安神宮の名木の桜である紅枝垂《べにしだ》れを皆で見るときには、胸がときめく。もう遅くはないであろうかと気をもみながら桜へと続く門をくぐる。


忽《たちま》ち夕空にひろがっている紅の雲を仰ぎ見ると、皆が一様に、

「あー」

と、感歎《かんたん》の声を放った。この一瞬こそ、二日間の行事の頂点であり、この一瞬の喜びこそ、去年の春が暮れて以来一年に亘《わた》って待ちつづけていたものなのである。彼女たちは、ああ、これでよかった、これで今年もこの花の満開に行き合わせたと思って、何がなしにほっとすると同時に、来年の春も亦《また》この花を見られますようにと願うのであるが、幸子一人は、来年自分が再びこの花の下に立つ頃には、恐らく雪子はもう嫁に行っているのではあるまいか、花の盛りは廻《めぐ》って来るけれども、雪子の盛りは今年が最後ではあるまいかと思い、

自分としては淋《さび》しいけれども、雪子のためには何卒《どうぞ》そうであってくれますようにと願う。

雪子は、四姉妹の中で一番美しいのだが、縁談がまとまらず三十歳を過ぎてしまっている。姉の幸子は、親のような気持ちで雪子の行く末を案じている。この当時の姉妹の情愛が伝わってくる。花の盛りと女の人生の盛り。重なるようでいて、年ごとにずれてくる。もうまるで映画にすぐにしたくなる情感豊かな情景描写が『細雪』には満載だ。

四季を彩《いろど》る花の記憶と人の記憶。これが重なり合って、日本人の心の風景が形作られている。谷崎の作品に浸っていると、そんな感じがしてくる。人、とりわけ忘れがたい女性の記憶が、花とともによみがえる。『少将滋幹《しげもと》の母』は、母に幼くして別れた息子が、母の面影をいつも心に秘め、四十年の時を隔てて再び巡り合うという話だ。ラストシーンは、幻を見ているかのように美しく描かれる。

「お母さま」

と、滋幹《しげもと》はもう一度云《い》った。彼は地上に跪《ひざまず》いて、下から母を見上げ、彼女の膝《ひざ》に靠《もた》れかかるような姿勢を取った。白い帽子の奥にある母の顔は、花を透かして来る月あかりに暈《ぼか》されて、可愛《かわい》く、小さく、円光を背負っているように見えた。四十年前の春の日に、几帳《きちょう》のかげで抱かれた時の記憶が、今歴々と蘇生《よみがえ》って来、一瞬にして彼は自分が六七歳の幼童になった気がした。彼は夢中で母の手にある山吹の枝を払い除《の》けながら、もっともっと自分の顔を母の顔に近寄せた。そして、その墨染の袖《そで》に沁《し》みている香の匂《におい》に、遠い昔の移り香を再び想《おも》い起しながら、まるで甘えているように、母の袂《たもと》で涙をあまたたび押し拭《ぬぐ》った。

何か、日本人の感情のど真ん中の直球を投げられたようで、不思議とすっきりする文章だ。こうした母への永遠の思いは、当然どこの国の文化にもあるものだが、日本的な感情の中でその占める比重は大きい。下手な書き手にかかれば、まさしく月並みな感情にしかならないものだが、谷崎の文体は格調が高いので、感情が自然の花のように咲きにおってくる。

声に出して読んでみたい谷崎の作品として、私が最後に力強くおすすめしたいのは、『春琴抄《しゆんきんしよう》』だ。ストーリーは有名だ。盲目の三味線師匠春琴に仕える佐助の身を投げ出しての献身的な愛の物語だ。春琴は天才的な三味線奏者であるが、気むずかしく激しやすい性格でもあった。しかし春琴の美しさもまた尋常なものではなかった。旧家の令嬢としての誇りを持つ春琴は、代々の家来筋に当たる佐助を低く見下し、奉公人として目下の人間として扱う。佐助は春琴の美しさと天才的な三味線の技とに心を奪われ、献身的に尽くす。佐助は春琴より四つ年上で十三歳の時に初めて奉公に上がった。幼い春琴ではあったが、佐助に三味線の稽古《けいこ》をつけるときは容赦なかった。罵《のの》り、頭を殴ることもあり、佐助がひいひい泣くので、春琴は父と母から佐助に厳しすぎるという注意を受ける。

佐助は何という意気地なしぞ男の癖に些細《ささい》なことに怺《こら》え性《しょう》もなく声を立てて泣く故《ゆえ》にさも仰山《ぎょうさん》らしく聞えお蔭《かげ》で私が叱《しか》られた、芸道に精進せんとならば痛さ骨身にこたえるとも歯を喰いしばって堪え忍ぶがよいそれが出来ないなら私も師匠を断りますと却《かえ》って佐助に嫌味を云《い》った爾来《じらい》佐助はどんなに辛《つら》くとも決して声を立てなかった。

この文は、たしかに現代文なのだが、どこか古文のようだ。「佐助は何という意気地なしぞ男の癖に些細なことに怺え性もなく声を立てて泣く故にさも仰山らしく聞えお蔭で私が叱られた、芸道に精進せんとならば痛さ骨身にこたえるとも歯を喰いしばって堪え忍ぶがよいそれが出来ないなら私も師匠を断りますまで」が、春琴が佐助に言った言葉だ。源氏物語を読むときの、感覚がよみがえる。さすが源氏物語を全文現代語訳した谷崎らしい文体だ。

物語のクライマックスは、春琴が顔にひどいやけどを負わされた後の場面だ。普段勝ち気な春琴も意地がくじけた。佐助は春琴の顔を見ないよう、自ら自分の目を針で突いた。そして完全に失明した。

程経て春琴が起き出《い》でた頃手さぐりしながら奥の間に行きお師匠様私はめしいになりました。もう一生涯お顔を見ることはござりませぬと彼女の前に額《ぬか》ずいて云《い》った。佐助、それはほんとうか、と春琴は一語を発し長い間黙然《もくねん》と沈思《ちんし》していた佐助は此《こ》の世に生れてから後にも先にも此《こ》の沈黙の数分間程楽しい時を生きたことがなかった…………

佐助は、お師匠様私にはあの懐《なつ》かしいお顔ばかりしか見えません、これからも身の回りのお世話だけはさせて下さいと春琴に言う。春琴と佐助は、心と心を通わせ合う。

春琴の顔のありかと思われる仄白《ほのじろ》い円光の射《さ》して来る方へ盲《し》いた眼を向けるとよくも決心してくれました嬉《うれ》しゅう思うぞえ、私は誰《たれ》の恨《うら》みを受けて此《こ》のような目に遭《お》うたのか知れぬがほんとうの心を打ち明けるなら今の姿を外《ほか》の人には見られてもお前にだけは見られとうないそれをようこそ察してくれました。あ、あり難うござり升《ます》そのお言葉を伺いました嬉しさは両眼を失うたぐらいには換えられませぬお師匠様や私を悲嘆に暮れさせ不仕合わせな目に遭《あ》わせようとした奴《やつ》は何処《どこ》の何者か存じませぬがお師匠様のお顔を変えて私を困らしてやると云《い》うなら私はそれを見ないばかりでござり升《ます》私さえ目しいになりましたらお師匠様の御災難は無かったのも同然、折角の悪企《わるだく》みも水の泡になり定めし其奴《そやつ》は案に相違していることでござりましょうほんに私は不仕合わせどころか此《こ》の上もなく仕合わせでござり升卑怯《ますひきよう》な奴《やつ》の裏を掻《か》き鼻をあかしてやったかと思えば胸がすくようでござり升《ます》佐助もう何も云《い》やんなと盲人の師弟相擁《あいよう》して泣いた

まさにうねうねと脈打つ日本伝統の文体だ。句読点やカギ括弧《かつこ》を使わない。主語も平気で入れ替わる。こんな文章を音読していると、意識がうねってくる感じがする。言葉のうねりが、感情のうねりになって流れ込んでくる。伝統的な文体でなければ伝わらないものがある。谷崎は、一生をかけて、このうねるような伝統的文体を自らの技にしていったのだ。

神童と呼びうる才能が精進をし続けたところに、文豪が生まれた。

（引用文中の…………は中略）

猫と庄造と二人のおんなと私と谷崎潤一郎

本上まなみ

ほんじょうまなみ　一九七五年東京生れ。大阪育ち。女優。読書家としても知られる。著書に『ほんじょの虫干。』『ほんじょの天日干。』など。

「あんた、わてより猫が大事やねんなあ。」

「ま、ようそんなこと。………」

「そんなら、わての方が大事やのん？」

「きまってるやないか！　阿呆《あほ》らしなって来るわ、ほんまに！」

「口でばっかりそない云《い》わんと、証拠見せてエな。そやないと、あんたみたいなもん信用せエへん。」

「もう明日から鰺《あじ》買うのん止《や》めにしょう。な、そしたら文句ないねんやろ。」


谷崎潤一郎って、猫が好きなんかなあ。

あれは今から十五年前、中学二年生の夏のこと。『猫と庄造と二人のおんな』という本を、文庫売り場で手にしたときの、最初の印象です。

私はむかしっから本屋さん好き。「読書感想文」とか「しくだい」とかいわれると急にしおしおになっちゃうのですが、本屋さんはあの頃も今も心が落ち着くお気に入りの場所です。小学生のころから、このかぐわしい森林をぶうらぶうらして、たとえば「動物」の名がタイトルについた本を発見したりするのが楽しかった。まるでジャングルクルーズみたいで。

図鑑や写真集のコーナーなら「動物」はあたりまえに見つかるので冒険感は少ないのですね。むしろ、わわわっ、こんなところに！　というものの方が発見のヨロコビも大きいというものです。

だからこの本を見つけたときも、教科書でよく見る、名前もりっぱな「たにざきじゅんいちろう」先生の作品ではありますが、タイトルに引き寄せられて購入決定。文庫を買うこと自体がとても誇らしい中学生時代。赤と金のカバーの装丁も賢そうだしね。あの頃はたぶん三〇〇円もしなかったと思うなあ。ほんとうにありがたいことです。

そして、一時間二十五分後。

あんな。これ、めっちゃめちゃおもしろかってん。

うそではありません。すばらしい小説です。

って、もう既に世間一般に広く知れ渡っているものに、ほんじょごときがこんなこと言っても仕方がないんだけれど、でも本当におっもしろいんだよう！

探検に行って気になる石を拾って帰ったらそれは世にも珍しい化石だった、とか、普通のヨウカンだと思ってもらってきたら中に栗《くり》が入っていた、という感じ（どんな感じやねん）。

おもしろい気に入った本を見つけると、朗読したくなるクセがもともとあったのですが、それが復活しましたね。特に元妻・品子や新妻・福子のセリフは念入りに読みました。

「謔《うそ》云いなさい、あんた始めからリリーに食べさそう思うて、好きでもないもん好きや云うてるねんやろ。それより何より、リリー遣《や》ってしまいなはれ。あの猫いんようになったら一番ええねん。」

リリーやってしまいなはれ。

なんていうおかしい、素敵なセリフでしょう！

この小説のあらすじをちょっぴり書きましょうか。

庄造は猫のリリーを溺愛《できあい》しています。家族は妻福子と庄造の母。別れた元妻品子はまだ庄造に未練があって、なんとか振り向かせようと考えた末、ある方法を思いつく。福子あてに手紙を書くのです。リリーを引き取ると。

冒頭、この手紙から始まるのですが、これがねちーっとしていやらしいんだ。一分のスキもない畳みかけるような技のある内容なの。弱いフリをして哀願したり持ち上げたりちょっと脅して不安にさせたり。ある種お手紙の見本のようです。

あなたこのままじゃ私みたいに、今に猫以下のあつかいを受けるようになりますよ。そうなる前にリリーを遠ざけたらどうですか？　って。

福子は、元妻の言うとおりにするのもシャクに障《さわ》るけれど、夫の猫に対するメロメロさ加減も鼻につく。

「そうかてお前、虐《いじ》められること分っててあんな所《とこ》へやれるかいな。そんな無慈悲なこと云うもんやないで。なあ、頼むさかいに、そない云わんと、……」

「ほれ御覧、やっぱり猫の方が大事なんやないかいな。リリーどないぞしてくれへなんだら、わて去《い》なして貰《もら》いまっさ。」

「無茶云いな！」

「わて、畜生と一緒にされるのん嫌ですよってにな。」

というわけで結局猫を家から追い出すの。さあたいへんだ。

まんまと引き取ることに成功した品子は、部屋で飼ううち徐々にリリーに魅せられて……。さあたいへんだ。

庄造はこっそり品子のうちをのぞきに来て……。さあたいへんたいへんだ。

一匹の猫のまわりで人間たちの真剣な駆け引きが繰り広げられている、っていう設定自体が本当におかしかった。大のオトナのまじめっぷりが、実に滑稽《こっけい》なんだよなあ。

それに関西弁というのもポイントが高いんだねきっと。のらりくらりの夫とつっこんでいく妻、緩急のスピードがありますね。

私が関西人だからとりわけ心地よく感じるのでしょうか。いや、きっとみんなもそうだよね？　みなさんも声に出して読んでみたくなるよね？

『猫と庄造と二人のおんな』の発表は、二度目に結婚した丁未子《とみこ》夫人と離婚して、松子夫人と結婚した一年後だそうです。

そういう背景を知ると、あまりにもリアルな人物描写に納得。自分の人生を芸術作品に昇華させていたんだなあ、ということがわかります。松子夫人に出会って、『細雪《ささめゆき》』も生まれたというし。

なんて今ではえらそうに書いているわたしですが、そんなことはもちろんあとで知ったことです。

ひとつ好きになると他の作品も気になる、いくつか読んでいくうちに作者に対する興味が芽生える、小説からエッセイ（随筆）にも興味が沸いてくる、作家の周囲にいた人たちの発言も知りたくなる……。そう、たとえばあるミュージシャンのファンになって、一枚一枚CDを買ってゆくのとおんなじように。

そうやってわたしは谷崎ファンになりました。紀行文のような小説『吉野葛《よしのくず》』に旅を夢みて、『痴人の愛』の男にいらいらし、『刺青《しせい》』の世界に怖がって、『鍵《かぎ》』はエッチくさかったのでこそこそ読んで……。

『新潮日本文学アルバム』なんて本も入手して身辺も探ってみました。

母親が当時の錦絵《にしきえ》に刷られたほどの美人だったこと、初恋の人が下宿先のお手伝いさんだったこと、あの永井荷風に絶賛されて人気作家になったこと、ものすごくグルメでしかも大食漢だったり、引っ越し好きだったりしたこと、女性の足フェチだったこと、などなどいろんなエピソードのひとつひとつが、楽しいのです。

そうそう、谷崎は、母親譲りの地震嫌いだったんだって。関東大震災に襲われたのは箱根で、バスに乗って山道を移動中の時。乗客がおびえて「下ろしてくれ」と騒いだけれど、運転手は「ここは危険だから安全なところまでいく」と言ってどんどん走った。道はがらがら崩れて、バスが通り過ぎた瞬間大きな石が落ちてきたのも目撃した。この運転手の機転によって、偉大な作家は生き延びることが出来たんですねえ。

それにしても。《……前方の地面にみみずの這《は》ふやうな裂け目が出来、それがずるずると伸びて行つた》《巨人の手を以《も》つて引きちぎられるやうに揺いでゐる樹々の梢《こずえ》を見た》（『「九月一日」前後のこと』）そうだから、どんなにか恐ろしかっただろう（ほうほうのていで兵庫県芦屋《あしや》にたどり着いたときの写真が一葉あって、その彼のボーゼンとした顔にはものすごい説得力があります）。

このことを境に、関西での生活がはじまるのです。

関西に来なければ『卍《まんじ》』も『猫と庄造と二人のおんな』も『細雪』も生まれなかっただろう。あの芸術品のような関西弁もこの世になかったわけで。

おお、ぶるぶる。それはたいへんなことだ。私の大好きな作品ばかりだもの。

関西弁だけじゃないよ。「一文が長い」と言われる独特の文体は、いちどはまったら抜け出せません。たとえば『猫と庄造～』のこんな描写はどうでしょう？

忽《たちま》ちすうッと枕《まくら》の近くにあの日向《ひなた》臭い匂《におい》がして来て、掛け布団《ぶとん》をもくもく持ち上げながら、天鵞絨《びろうど》のような柔かい毛の物体が這入《はい》って来た。と、ぐいぐい頭からもぐり込んで、脚の方へ降りて行って、裾《すそ》のあたりを暫《しばら》くの間うろうろしてから、又上の方へ上って来て、寝間着のふところへ首を入れたなり動かないようになってしまったが、やがてさも気持の好《よ》さそうな、非常に大きな音を立てて咽喉《のど》をゴロゴロ鳴らし始めた。

谷崎潤一郎は、猫のことが、心から好きだったに違いありませんね。

谷崎好み①――猫

谷崎はもともと猫が好きだったが、本格的に飼い始めたのは関西に移ってから。もっぱら洋猫を愛し、一時は洋猫ばかり各種取り混ぜて六匹も飼っていたほどである。日本猫については「嫌い」とまで言っており、好みがはっきりしていた。『猫と庄造と二人のおんな』の主役リリーも、もちろん洋猫。

「茶色の全身に鮮明な黒の斑点《はんてん》が行き亘《わた》っていて、つやつやと光っているところは、成る程研《みが》いた鼈甲《べっこう》の表面に似ている」

『細雪《ささめゆき》』には「鈴」という名の猫が姉妹の愛《あい》猫《びょう》として登場するが、剝製《はくせい》となって残っている谷崎の愛猫ペルの毛並みは、リリーの毛並みをほうふつとさせる。

谷崎が愛《め》でたのは猫の外見だけではない。性格にも好みがあった。庄造がリリーに惹《ひ》かれたのも「性質が実に愛らしかった」からだが、谷崎本人も新聞のインタビューに対して、

「どちらかといえば人間と同じように猫でもただ美しいと云《い》うのよりも利口なものが僕にはよい。美しいだけのはすぐに飽きるが、利口な猫がいなくなったり、死んだりすれば本当にホロリとするものだ」

と、まるで好みの女性のタイプを述べるように答えている。

「猫は飼主から名を呼ばれた時、ニャアと啼《な》いて返事をするのが億劫《おっくう》であると、黙って、ちょっと尻尾《しっぽ》の端を振って見せるのである。縁側などにうずくまって、前脚を行儀よく折り曲げ、眠るが如《ごと》く眠らざるが如き表情をして、うつらうつらと日向《ひなた》ぼっこを楽しんでい

る時などに、試みに名を呼んで見給《みたま》え、……半眼に閉じた眼を纔《わず》かに開けることさえもせず、寂然たるもとの姿勢のまま、依然としてうつらうつらしながら、尻尾の末端の方だけを微《かす》かに一二回、ブルン！　と振って見せるのである。もう一度呼ぶと、又ブルン！　と振る。執拗《しつこ》く呼ぶとしまいには答えなくなるが、二三度はこの方法で答えることは確かである。人はその尾が動くのを見て、猫がまだ眠っていないことを知るのであるが、事に依《よ》ると猫自身はもう半分眠っていて、尾だけが反射的に動いているのかも知れない。何にしてもその尾を以《もつ》てする返事の仕方には一種微妙な表現が籠《こも》っていて、声を出すのは面倒だけれども黙っているのもあまり無愛想であるから、ちょっとこんな方法で挨拶《あいさつ》して置こう、と云ったような、そして又、呼んでくれるのは有難いが実は己《おれ》は今眠いんだから堪忍《かんにん》してくれないかな、と云ったような、横着なような如才ないような複雑な気持が、その簡単な動作に依っていとも巧みに示される」

愛猫を抱く谷崎（撮影・渡辺義雄）

　エッセイ「客ぎらい」の、この文章からも、谷崎がどれほど猫に親しみ、よく観察していたかが伺われる。

「客ぎらい」『陰翳礼讃』（中公文庫）

婚姻を描く谷崎

桐野夏生

きりのなつお　一九五一年金沢生れ。『柔らかな頬』で九九年直木賞、『グロテスク』で〇三年泉鏡花賞、『残虐記』で〇四年柴田錬三郎賞を受賞。

学生時代、私は谷崎潤一郎の傑作と言われる小説群を読もうとしては、何度も挫折《ざせつ》した。唯一《ゆいいつ》、面白く読了したのは、『台所太平記』のみだった。私は谷崎の小説の何に挫折したのか。最近読み直して思ったのは、あの過剰とも言える大阪弁の表記だった。

谷崎は、「私の見た大阪及び大阪人」というエッセイの中で、「女の声（言葉）」を楽器に喩《たと》えて東西比較をしたことがある。

「東京の女の声は、良くも悪くも、あの長唄《ながうた》の三味線の音色であり、（中略）キレイと云《い》えばキレイだけれども、幅がなく、厚みがなく、円みがなく、そして何よりも粘りがない。だから会話も精密で、明瞭《めいりよう》で、文法的に正確であるが、余情がなく、含蓄がない」と、散々である。さらに、「性的興味を離れて、男に対するような気持で舌戦を闘わす時は、東京の女は大胆で、露骨で、皮肉や揚足取りを無遠慮に云うから張合いがあるけれども、『女』として見る時は大阪の方が色気があり、魅惑的である」と断じた。

「大阪の方は、浄瑠璃《じようるり》乃至《ないし》地唄の三味線のようで、どんなに調子が甲高くなっても、其《そ》の声の裏に必ず潤《うるお》いがあり、つやがあり、あたたか味がある。（中略）つまり私には、東京の女は女の感じがしないのである」と続き、さらには、「猥談《わいだん》などをしても、上方の女はそれを品よくほのめかして云う術を知っている。東京語だとどうしても露骨になるので良家の奥さんなどめったにそんなことを口にしないが、此方では必ずしもそうでもない。しろうとの人でも品を落さずに上手に持って回る。それが、しろうとだけに聞いていて変に色気がある」と、大絶賛であった。

当時の私はこのエッセイを読んでいなかったが、「女の感じがしない」とまで言われた共通語圏（今や、共通語などという言葉は死語と化したかもしれないが）に住む女の一人として、谷崎の上方女への偏愛を薄々感じ取っていたのだろう。そして、若い私は、作家の偏愛が面白くなかったのである。

「こいさん、頼むわ。――」で始まる『細雪《ささめゆき》』。四姉妹は、大阪の商人の娘である。芦屋《あしや》に住む弁護士夫人の一人称叙述に終始する『卍《まんじ》』の冒頭書き出しは、こうだ。

「先生、わたし今日はすっかり聞いてもらうつもりで伺いましたのんですけど、折角お仕事中のとこかまいませんですやろか?」。『蓼喰《たでく》う虫』にも、「京都生れの、おっとりとした、何を云われても『へいへい』云っている魂のないような女」が登場する。

どれも、私は苦手だった。読むのに時間がかかるし、意味もよくわからない。雰囲気はあるが、それも読み進むにつれ、次第にしつこく感じられる。だから、谷崎の大阪弁ものは、失礼ながら「上方女にこまされた男」の書いた小説として映ったのだった。特に嫌なのは、「ふん」という音だった。例えば、『細雪』の一節。

「その帯、――あれ、いつやったか、この前ピアノの会の時にも締めて行ったやろ」

「ふん、締めて行った」

このように頻発する。「うん」と力強く頷《うなず》くのではなく、「ふん」と鼻に抜けるように柔らかく発音される語であろうことは想像が付くのだが、谷崎の言う、そのあえかな音にさえも漂う「潤い」と「つや」、あるいは「あたたか味」が、東京女の私には、ただ曖昧《あいまい》な表現にしか思えなかったのだ。また「ふん」という表記にも馴染《なじ》めなかった。「ふん」と書いてあれば、鼻でせせら笑ったり、腹を立てる、という意味になる。そこを無理矢理、色気や余情などを付与して想像するから疲れる。そんな些細《ささい》なことから、私は谷崎の小説世界にどうしても没入できなかったのである。

かように若い私は、飽きやすく、浅薄《せんぱく》な読者だった。しかし、読書という体験の面白いところは、その時の自分が反映されることに尽きる。小説自体は変わらなく存在するが、読み手の変貌《へんぼう》につれて、小説世界は様相を変えるのである。違和を感じて前に進めなかった私は、その程度の読者だったということなのだ。

年月が経《た》ち、様々な経験を積んで年齢を重ねた私は、谷崎の小説を手当たり次第に読むようになる。そこには、「上方女にこまされた」というよりは、わざわざ「こまされに行った」、実に雄々しい男が一人すっくと立っていたのだった。それが谷崎潤一郎という作家の本当の姿だった。再び出会った谷崎に、私は現在魅了され続けている。若い時分の違和と嫌悪もまた、本当に作家を知るためには必要な回路だった。

若い読者は、嫌な小説を無理して読むことは全くないのである。嫌いならば何が嫌いなのか、を考えるだけでよい。嫌いなところが、実はその作家の臍《へそ》であったりもする。後は、自分が歳《とし》を取ってから、改めて手に取ればよい。取らなければ、それでおしまい。小説と読者とは縁で結ばれている。作家の真の姿というのは、読者が一生かけてやっとわかるものなのである。

谷崎は、関東大震災後、関西に移住した。怜悧《れいり》な西欧近代主義者である谷崎の目に映った上方の土地は、古い因習に縛られているかのように見えて、その実、深い世界だったようだ。外側が、因習という堅牢《けんろう》な制度に囲まれた場所は、内側に感情の蔵が幾つも建っているはず。谷崎は、あたかも西洋人が古き良き日本を見るように上方文化を楽しんだ。谷崎の小説が異様に輝きだすのも、関西に移住してからのことなのだ。なぜなら、人を縛り付ける制度の中で、人間の感情は閉じ込められて育ち、妖《あや》しく絡《から》み合い、捻《ねじ》れを生むからである。その捻れを描き出すのが、小説なのだ。

つまり、東京の勤め人の家庭のように、新しく開明的なところには官能の芽や、捻れは育たない、と谷崎は勘を働かせたのだ。まさしく「キレイと云えばキレイだけれども、幅がなく、厚みがなく、円みがなく、そして何よりも粘りがない。だから会話も精密で、明瞭で、文法的に正確であるが、余情がなく、含蓄がない」とは、東京女のことだけではない。共通語を喋《しゃべ》り、東京で暮らす人間を描く小説のことだったのかもしれない。

今回、この稿を書くにあたって、谷崎の小説群を読み直して、新たに気付いたことがある。谷崎はずっと、婚姻関係について書いているのである。婚姻とは、欲望を閉じ込める箱でもある。その中で起きる男と女の物語を、谷崎は夢中で書いたのだ。

例えば、『痴人の愛』は、月給百五十円のサラリーマン河合と、美少女ナオミの風変わりな結婚生活の話である。ナオミという洒落《しゃれ》た名前が気に入り、その肢体に惚《ほ》れ込んだ男が振り回される「幸福」と言ってもいい生活。ナオミは、この後も谷崎の小説に登場し続ける悪女の典型であるが（『卍』の光子、『細雪』の妙子）、彼女たちの、自身の欲望に忠実な姿は、現代にも通じる普遍性がある。とはいえ、今や悪女でも何でもなく、ごく平凡な女たちであるが。

『卍』の女主人公、園子も少壮の弁護士夫人だ。既婚婦人である園子と光子の同性愛を描くかのように見えて、実は、園子と夫との結婚生活も描かれていた。また、『蓼喰う虫』も、性の不一致に悩む夫婦の物語だし、『春琴抄』も身分違いの男と女が一生添い遂げる純愛物語だ。婚姻関係と言って構わないであろう。強烈な自我を貫き通す春琴。その並外れた悪女ぶりに、佐助は惚《ほ》れるのである。社会常識からはみ出る女を描くことによって、谷崎は男を高みに押し上げるのだ。

再読した『細雪』が殊《こと》の外、面白かったのも、小説全体を覆うテーマが、実は婚姻に纏《まつ》わるものだと気が付いたせいだった。まず、中心に幸子と貞之助夫婦がいて、彼らは未婚の妹二人の見合いに奔走する。『細雪』に描かれた、関西の上流階級における婚姻とは、好みは二の次、選ぶ相手によって、女がどの程度の暮らしができるかを計る大事な経済行為でもある。婚姻の後は、互いの欲望を見据え、『蓼喰う虫』のように離れるか、『鍵《かぎ》』のように捻れていくか。見合い婚とは、官能的な行いでもあるらしい。

なかんずく、『鍵』は、私の最も好きな小説である。婚姻制度の中の男と女の捻れが一層際《きわ》だっている。性の享楽《きょうらく》を得るために、互いに日記を盗み読む夫婦。妻の郁子《いくこ》は、「夫のために『心ならず』もそのように『努めて』いるのであると、自らを欺《あざむ》いていた」。郁子は、あたかも夫の言いなりになることが「貞女の亀鑑《きかん》」であるかのように装《よそお》っているが、実際は、夫の欲望からとっくにはみ出すほどの、大きな欲望を密《ひそ》かに育てている。夫の仕掛けた遊びに渋々入ったかに見えて、本当はその遊びを楽しんでいるのだ。まさしく淫婦《いんぷ》である。見合いの果ての婚姻に、これほどの快楽が潜んでいるのだとしたら、恋愛結婚などをするのは愚の骨頂かもしれない。

谷崎は一貫して貞女を書かなかった。むしろ、女の欲望を肯定し、女の欲望によって男が変貌する様を書いた。そのことによって、男としての谷崎は、より大きく深い存在となっていくのである。しかし、谷崎の書く物語の外枠は意外に健全だった。常に、一対の男と女、それも夫婦間に起きる出来事を多く描いたことによる。実人生で、三度結婚した谷崎は、婚姻関係について、常に思考を巡らせていたに違いない。故《ゆえ》に、耽美《たんび》派、悪魔派と名付けられたのだとしたら、その皮肉に私の頬は緩む。

谷崎好み②——関西

「別に取り立てて風情《ふぜい》もない詰まらないこの庭だけれども、此処《ここ》に彳《たたず》んで松の樹《き》の多い空気の匂《におい》を嗅《か》ぎ、六甲方面の山々を望み、澄んだ空を仰ぐだけでも、阪神間ほど住み心地のよい和やかな土地はないように感じる」

『細雪《ささめゆき》』の中で、たった十日ほど東京へ出かけていた幸子《さちこ》の感想である。

エッセイ「私の見た大阪及び大阪人」でも、「摂河泉《せつかせん》(注 大阪のあたり)の国々もいいが、これから西へ行けば行くほど土の色が白くなり、気候が一層温かになり、魚がますます甘くなり、景色がいよいよ明るくなる」

と賞賛しているように、『細雪』の幸子の想《おも》いは谷崎自身のこの土地への愛着と重なっている。

東京で生まれ育ちながら、関東大震災のために、三十七歳で関西に移り住むことになった谷崎は、この新しい土地に思いがけぬ「懐《なつ》かしさ」を感じて馴染《なじ》んでゆく。

「関西の都会の街路を歩くと、自分の少年時代を想い出してしみじみなつかしい。と云《い》うのは、今日の東京の下町は完全に昔の俤《おもかげ》を失ってしまったが、それに何処《どこ》やら似通った土蔵造りや格子造りの家並みを、思いがけなく京都や大阪の旧市街に見出《みいだ》すのである」(「私の見た大阪及び大阪人」)

その後七十歳で関西を引き払うまで、何ヶ所も転居するのだが、五十歳の時に落ち着いた家には七年ほど住んでいた。この家は、松子との本格的な生活が始まり、松子の姉妹をモデルにした『細雪』の執筆が始められたと

『細雪』のモデル、松子（前列左）とその姉妹。隣は長女朝子。後列左から四女信子、三女重子、松子の長女恵美子。

松子夫人と谷崎。谷崎の家の庭で。（撮影・渡辺義雄）

いう、谷崎の関西生活の中でもエポックメイキングな場所である。

現在、この家は住吉川の川沿いに残っており、「倚松庵《いしょうあん》」として一般公開されている。「倚松庵」とは「松によりかかる住まい」の意味で、松はもちろん松子のこと。谷崎は原稿用紙でも「倚松庵」の文字を中央に大きく入れた特注のものを何種類も作っている。

この家から遠くない芦屋《あしや》には「芦屋市谷崎潤一郎記念館」があり、谷崎の書籍、書簡、原稿、写真などの貴重な資料が一堂に集められ、一般公開されている。

谷崎が関西で最後に住んだのが、潺湲亭《せんかんてい》と名付けた京都の家だった。錦鯉《にしきごい》が泳ぐ池に渡り石をめぐらせた記念館の庭は、潺湲亭の庭を模したもので、谷崎の旧居の面影を今に伝えている。

「私の見た大阪及び大阪人」谷崎潤一郎全集20巻（中央公論新社）

＊

倚松庵

〒658−0052　神戸市東灘区住吉東町1−6−50

TEL078−842−0730

開館時間／午前10時〜午後4時

開館日／土曜日・日曜日（年末年始を除く）

入館料／無料

芦屋市谷崎潤一郎記念館

〒659−0052　芦屋市伊勢町12−15

TEL0797−23−5852

開館時間／午前10時〜午後5時

休館日／月曜日（祝日開館、その場合翌日休館）年末年始

入館料／大人三〇〇円　大・高生二〇〇円

島内景二

【しまうち・けいじ】

1955年長崎県生れ。東京大学大学院修了。国文学者。『文豪の古典力』『歴史小説真剣勝負』など、新視点から日本文学の全貌に肉薄。電気通信大学教授。

評伝 谷崎潤一郎

美と性のグルマン

【長距離ランナーの孤独と信念】

谷崎潤一郎は、明治一九年（一八八六）に生まれた。七九歳で亡《な》くなったのは、昭和四〇年（一九六五）。最初の本格的小説『誕生』を発表した明治四三年から、半世紀以上も文壇で活動し続けた計算になる。

夏目漱石《そうせき》・芥川龍之介《あくたがわりゅうのすけ》などの活動期間は、約十年。三島由紀夫は、約二十年。それと比べると、谷崎の活躍がどんなに長いスパンだったかがわかる。漱石・芥川・三島たちと、谷崎とでは、勝負する世界が違っていた。谷崎は、彼らと同じスタート・ラインに立って、同じ競技種目に出場することはなかった。

漱石は、「明治時代の代表選手」だった。急速な文明開化の弊害が「近代人のエゴイズム」であることを、告発し続けた。芥川龍之介は「大正時代の代表選手」として、自由で開放的な大正デモクラシーの時代を、知識人として颯爽《さっそう》と駆け抜けた。三島由紀夫は「戦後日本の代表選手」として、ベストセラーを量産し、ジャーナリズムに注目され続けた。彼らは時代の寵児《ちょうじ》であり、時代の告発者だった。その意味では「短距離ランナー」だった。いかに速く疾走し、いかに観客を魅了するかが問題だった。

彼らが多数の観客の注目する短距離レースをスタジアムのフィールドで繰り広げている時に、谷崎潤一郎はスタジアムのはるか外のマラソン・コースをひたひたと走っていた。むろん、沿道には少なからぬ声援もあった。走路の妨害者もいた。

昭和二年、時代の寵児・芥川龍之介と、時代の超越者・谷崎潤一郎は、「小説の筋」をめぐって論争する。これは、後輩の芥川から売られた喧嘩《けんか》である。芥川は、谷崎を自分の得意とする土俵の上に引っ張り上げてやっつけようとしたが、谷崎はその挑発に乗らなかった。二人の論争は、とうとう嚙《か》み合わなかった。お互いの「文学のフィールド」が違いすぎたからだ。谷崎は、自分のフィールドを自信と確信に満ちて守り通した。論争のほとぼりが冷めぬうちに、自分よりも六歳年下の芥川が自殺した。その後で、三八年間も谷崎は長生きして、ひたすら走り続けた。

谷崎は、大秀才のみがなしうる「自分が生きている時代への貢献」ではなく、千年前から根強く続いている「古典的な物語の伝統」の再生を試みた。すなわち、『源氏物語』や『伊勢《いせ》物語』の昔から、あるいは遠く神話の昔から存在している「男と女」の結びつきの種々相を追い求めたのだ。速力よりも、文化の持久力を重視したのだ。それは、天才のみがなしうる仕事だった。「信念の人」である谷崎は、自分が走りたい道を走りたいように走ることを止《や》めなかった。それが、作家生活五十年以上という偉業となった。

谷崎を正しく評価するのは、むずかしい。読者の側にも、長距離レースを伴走するくらいの気構えが必要だからだ。でも、その覚悟さえあれば、谷崎の孤独もよくわかってくる。そして、スケールの大きさも。さらには、三人目の妻となった松子夫人の大切さも。松子という最愛の理解者を得たことがどんなに彼の孤独を癒《いや》し、走り続けるエネルギーとなったことか。

【大食家にして悪食家《あくじき》】

文壇活動が長かった谷崎は、他人のおもしろいエピソードをたくさん知っていた。そして、自分もさまざまなエピソードとなって語り継がれた。

谷崎潤一郎は、美食家（グルメ）というよりも、大食家（グルマン）。しかも、大変な悪食家だったらしい。バイ菌恐怖症で潔癖性の泉鏡花（代表作『婦系図《おんなけいず》』『高野聖《こうやひじり》』）は、パトグラフィー（芸術家の精神分析学）の絶好のサンプル。その鏡花が、豪放な谷崎と二人で鳥鍋を囲んだ時のこと。肉が煮えてコチコチになるまで箸《はし》を出そうとしない鏡花と、生煮えの肉をペロペロと平らげる谷崎は、見事なコントラストだったという。鏡花は長葱《ながねぎ》か何かの具で境界線を作って、「こっちから手前は自分の領土だ」と宣言して、かろうじて数片《すうきれ》の鳥肉にありつけた。鏡花の美学と、谷崎の美学は、こんなにも違っていた。悪食の谷崎の方も、パトグラフィーの対象になりそうだ。

谷崎潤一郎の小説を掲載した雑誌は、デビュー当時から、内容と挿絵の過激さで何度も「発禁処分」を受けた。戦時中の『源氏物語』の現代語訳は、「天皇陛下に対して不敬である」と批判されるであろう部分をあらかじめ削除せざるをえなかったし、『細雪《ささめゆき》』は国家の非常時に不謹慎な内容だとして発表禁止となった。戦後は、老人の性を赤裸々に描いた『鍵《かぎ》』が、国会でも「芸術かワイセツか」で問題とされた。五十年以上も「美」を求めた谷崎の芸術活動は、常にスキャンダラスだった。「スキャンダラスな美」でなければ、食指を動かさなかったからだ。

正式の結婚だけでも、三回。それ以外の女性問題も、多数抱えている。性愛の面でも大食家だったが、最後には女神のような松子夫人と出会えたから、この方面では何とか「美食家」の面目を保った。

生まれつき浮気性だったのか、住まいも同じ場所に長くは住んでいられなかった。七九年間に四十回くらいも引越している。中でも、大正一二年の関西移住は、「東京という都市との離婚」を意味していた。小さな引越しまで含めると、二年に一回のハイ・ペースだ。落ち着きがないというよりも、貪欲《どんよく》なまでの「住まいのグルマン」だったのだろう。

【二通のラブレターと、「芸術の女神」願望】

谷崎潤一郎は、「恋多き人」というよりも、自分の欲望に忠実な人だった。だから、奔放な女性遍歴をした。谷崎が最後にたどり着いた「港」は、松子夫人。彼女に憧《あこが》れる自分のことを、「倚松庵《いしょうあん》」と呼んだ。「松に倚《よ》る庵《いおり》」という意味。松は、松子夫人のこと。松が常緑樹であるように、いつまでも変わらぬ美貌《びぼう》と優雅な心を持ち続けてくれる女性。そして、樹齢を重ねた松が大木となるように、谷崎から仰ぎ見られるどっしりとした存在感。

松の大木には、藤のツルがからみつくことがある。その藤のツルのように自由奔放に伸びてゆく谷崎の芸術活動の支柱として、どこまでも彼の夢想を伸張させてくれる松子。松子にからみつき、松子に甘え、松子にすがって、「藤の花」のような芸術を天の高みに咲かせる谷崎。「倚松庵」というネーミングには、松子夫人の陰に隠れ、彼女を頼りとして生きてゆきたい、という谷崎の願いが込められている。「夫唱婦随」という言葉もあるように、男（夫）の陰に女（妻）が隠れ、夫を頼りに妻が生きてゆくのが、当時としては普通だった。谷崎は、逆だ。強くて美しい、母のような妻。そして、女神のような彼女に抱かれる赤子のような自分。徹底的に女性優位なのだ。

　さてここに、二通のラブレターがある。書いたのは、むろん谷崎である。

　ラブレターＡ「私はあなたの美に感化されたいのだ。あなたの存在の全部を、私の芸術と生活との指針とし、光明として仰ぎたいのだ。……私の芸術はあなたの芸術であり、私の書くものはあなたの全部から流れ出たもので、私は単なる筆記者に過ぎない」。

　ラブレターＢ「私には崇拝する高貴の女性がなければ思うように創作ができないのでございます。……私に取りましては芸術のためのあなた様ではなく、あなた様のための芸術でございます」。

　この二通は、同じ女性に出されたものではない。Ａは、二度目の妻の丁未子《とみこ》あて。Ｂは、三度目の妻の松子あて。違う相手なのに、同じような文面を書いている。しかも、同じような望みを告白している。これは、「文豪といえども恋文のパターンはマンネリだった」という楽屋落ちではない。「自分の芸術を生み出してくれる母なる美神」を心から求める谷崎の渇きが、それだけ強かったということだ。一度は美の女神と思った女性の実態がそうでなかった場合、谷崎は彼女と夫婦生活を営むことに我慢できなかった。彼は、絶対に妥協しなかった。それが、派手な女性遍歴となった。

【東京の下町に生まれる】

谷崎の渾身《こんしん》の『源氏物語』現代語訳（＝谷崎源氏）を、川端康成《やすなり》は「江戸の町人の源氏です」と評したという。そう、谷崎は生粋の下町っ子だった。確かに、谷崎源氏には、江戸時代の『偐紫《にせむらさき》田舎源氏』風の「粋《いき》」の精神があふれている。それが、王朝貴族の「みやび」と微妙に食い違っているのがおもしろい。谷崎は、京都の貴族文化と江戸の町人文化との幸福な融合をめざしていたのかもしれない。

谷崎潤一郎は、本名である。明治一九年七月二四日、日本橋区蠣殻町《かきがらちょう》（現在の中央区日本橋人形町）の生まれ。祖父は近江《おうみ》商人の血を引き、商才に富み、裕福な家庭だった。代々の「江戸町人」の誇りとコンプレックスが谷崎の血液の中を流れていた。

母の「関《せき》」は、若い頃から美人として知られていたらしい。「関」は、苗字《みょうじ》でなく名前。樋口《ひぐち》一葉の『十三夜』にも、「お関」という悲劇のヒロインが登場している。谷崎は「母恋い」の小説を残したが、関は彼が三〇歳になるまで生きていたから、幼くして引き裂かれた「まぶたの母」というわけではなかった。谷崎の求める「母」は、生身の「谷崎関」という固有名詞を越えて、「美しい母」「理想の母」という普通名詞になっていたのだろう。

父の倉五郎は婿《むこ》養子だが、ビジネスが下手で、一家はすぐに没落した。この倉五郎の顔が、谷崎とそっくり。谷崎の経済観念のなさも、父親ゆずりか。谷崎は長男で、三人の弟と三人の妹がいたが、彼らに「長兄」らしいことはあまりしてあげていない。自分勝手というか、自己中心的な生き方を貫いた。

【貧書生にして、女性にルーズな秀才】

学費にも困る谷崎だったが、周囲の支援で府立一中に進むことができた。言わずと知れた現在の日比谷高校。当時最高のエリート中学である。ここで、谷崎は「飛び級」の離れ業をやってのける。文句なしの秀才だったのだ。二年生の一学期終了後に、三年生の二学期に編入されたのだ。

新しい三年生のクラスには、辰野隆《たつのゆたか》がいた。彼は、フランス文学の権威となる。フランス語のできない太宰《だざい》治を、特別に東大仏文科に合格させてくれた恩人でもある。一年生のクラスには大貫《おおぬき》雪之助がいて、文学青年として親しく交流した。後に、『新思潮』の同人仲間ともなる。この大貫の妹が、小説家・岡本かの子（漫画家・岡本一平の妻で、「芸術は爆発だ」の画家・岡本太郎の母）である。

一九歳で、これまた名門の第一高等学校（一高）に進学した。入学当時の校長は、哲学者で夏目漱石とも親しかった狩野亨吉《かのうこうきち》。二年生の時に、武士道の復活を唱えた新渡戸《にとべ》稲造が校長として着任した。苦学生の谷崎は中学生の頃から、高級レストラン「築地《つきじ》精養軒」の経営者の家に、書生（＝住み込みの家庭教師と使用人を兼任したような役割）として置いてもらっていた。だが、二一歳の時、ここを追い出された。小間使いの娘さんにラブレターを書き、見つかってしまったのだ。相手の娘さんも被害者で、実家の箱根に戻ってまもなく病死した。「不義はお家の御法度《ごはっと》」ということわざがあるように、大きな商店では「使用人の風紀の乱れ」を極端に嫌った。これが谷崎の初恋であり、これから続出する女性スキャンダルの最初だった。

【文学への夢と、「パンの会」】

一高では将来の就職を考えて英法科に在学したが、校友会雑誌の委員になって、文学青年の気骨を見せた。二二歳で、東京帝国大学の文学部国文科に進学。役人でも経済人でもなく、「文学者」として活躍しようとしたのだ。学費の問題があるので、最初から卒業は考えていなかっただろう。

明治四三年九月、仲間と第二次『新思潮』を創刊した。その第三号に、谷崎はショッキングな内容の『刺青《しせい》』を発表した。「ヴィーナスの誕生」ではないが、男を破滅させる毒婦の誕生を描いた短編だった。この当時は、平凡な主人公の陳腐な人生を淡々と語る「自然主義文学」の全盛期。そこに、「悪魔主義」と「耽美《たんび》主義」をモットーとする華麗で退廃した作風を引っさげて、谷崎はデビューした。

自然主義を憎たらしく思っていた中心人物が、森鷗外《おうがい》や永井荷風（代表作『すみだ川』『濹東綺譚《ぼくとうきたん》』）だった。その荷風が、「反自然主義」の流れを勢いづけたいという戦略から、谷崎の作風を絶賛してくれた。夏目漱石が、第四次『新思潮』に掲載された芥川龍之介の『鼻』を絶賛したのと似ている。これが、谷崎を小説家として自立させてくれた。この時、すでに谷崎は、学費未納で東京大学を退学させられている。

谷崎が憧れの荷風と初めて出会ったのは、明治四三年一一月二〇日。「パンの会」の席上だった。「パン」は、食べ物の「パン」ではなく、ギリシャ神話に出てくる「牧羊神」（牧神）で、山羊《やぎ》の足と角をもつ「半獣神」のこと。酒と音楽と女を愛する。

フランスの作曲家ドビュッシーに「牧神の午後への前奏曲」という作品があり、それでも有名。「パンの会」は、高村光太郎・北原白秋・小山内薫《おさないかおる》・永井荷風・木下杢太郎《もくたろう》・吉井勇《よしい》などの文学者と、石井柏亭などの画家が集った。隅田川（大川端）の料亭やレストランを会場として、新しい時代の芸術を葡萄酒《ぶどうしゅ》（赤ワイン）などを痛飲しながら熱く語り合った。会場では西洋趣味の飾り付けがされて、大川端に当時もなお残っていた「古き良き江戸情緒」をかえって引き立たせた。和洋折衷の妖《あや》しいムードが漂っていたのである。

先ほどの「パンの会」メンバーの中に、小山内薫があった。東大英文科卒の劇作家である。この小山内が明治四〇年に創刊した個人編集の雑誌が、第一次『新思潮』。以後、『新思潮』は、東大生たちの同人誌として受け継がれてゆく。谷崎が、後の倫理学者・和辻《わつじ》哲郎や中学の級友・大貫雪之助（晶川《しょうせん》）たちと創刊した第二次『新思潮』も、この小山内を盟主としてかついでいた。そのあとは、芥川・菊池たちの第三次『新思潮』（大正三年創刊）となる。

谷崎は「パンの会」の常連ではなかったけれども、明治四三年一一月は大規模なパーティーだったので、谷崎をはじめ『新思潮』同人は銀座で全員おそろいのモダンな帽子をしつらえてかぶり、会場まで並んで行進したという。この会場に、慶応大学教授だった荷風が学生たちを率いて出席していた。慶応大学の『三田文学』は、自然主義の拠点だった早稲田《わせだ》大学の『早稲田文学』と鋭く対立することになる。

この「パンの会」の出会いの後の二人の交流が、明治四四年一一月号『三田文学』に掲載された永井荷風「谷崎潤一郎氏の作品」という絶賛文につながった。だから、谷崎は荷風に一生の恩義がある。「荷風の弟子が谷崎であり、谷崎の師が荷風である」という関係だった。ただし、戦後「大《だい》谷崎」とまで呼ばれる巨匠になると、さすがに「荷風の弟子」というレッテルが本人も嫌になったようだ。だが、最晩年まで、谷崎は荷風と同席する時には細心の配慮をして、必死に荷風を立てようと気配りしている。

ちなみに、荷風は谷崎より七歳年長だった。二人とも文化勲章を受章したが、谷崎が昭和二四年、荷風が昭和二七年と、谷崎が三年も早い。これは、荷風が短編と中編を得意とする作家だったのに対して、谷崎に『細雪』という大長編の名作があったからだろう。わが国では、「長編小説」の評価が高いのだ。

【最初の妻を、親友に譲る】

谷崎は授業料を払えずに大学を退学してから、居所を転々としながら放浪と放蕩《ほうとう》の日々を送り、悪魔主義的な短編を書いていた。このような生活を立て直そうと決心して、大正四年、二八歳で石川千代（「千代子」とも）と結婚した。千代は、谷崎が顔なじみだった向島芸者の妹だった。翌年、長女・鮎子《あゆこ》が生まれたが、すぐに夫婦生活は破綻《はたん》した。谷崎が、義妹（妻の妹）の「せい子」（十五歳）を愛するようになったからである。妻子は実家に戻され、谷崎はせい子と同棲《どうせい》した。

谷崎は、小説家としてマンネリと戦っていた。江戸の下町情緒と西洋文明とがミックスした「悪魔主義」と「耽美主義」から抜け出せずに、あせっていたのだ。大正九年から、谷崎は大正活映という映画会社の脚本家として生計を立てる。早速、愛人のせい子を「葉山三千子」という芸名で映画デビューさせた。これが、ハーフと見間違えるほどのバタ臭い美貌《びぼう》。大胆な水着姿を、スクリーンで披露している。「魔性の少女」である彼女との同棲体験が、後に『痴人の愛』の妖婦《ようふ》「ナオミ」を生み出すことになった。

ちなみに、「葉山三千子」が主演した映画『アマチュア倶楽部《クラブ》』に出演した岡田時彦という美男俳優がいる。彼の芸名のゴッド・ファーザー（名付け親）は、谷崎である。岡田時彦の娘が女優の岡田茉莉子《まりこ》で、そのゴッド・ファーザーも谷崎。岡田茉莉子は、谷崎の代表作『細雪』が芸術座で舞台化されたときに、二女役を演じて恩返しした。

永井荷風の門下生で、谷崎と親交を結んでいた詩人の佐藤春夫は、千代夫人の置かれている立場に心から同情した。漱石の『三四郎』にもあるではないか。「Pity's akin to love」(可哀想《かわいそう》だた惚《ほ》れたって事よ)。同情は、いつしか愛に変わる。その心を切々と歌ったのが、佐藤の詩の代表作『秋刀魚《さんま》の歌』である。「さんま、さんま、/さんま苦いか塩《しょ》つぱいか」というサワリが有名だが、「あはれ、人に捨てられんとする人妻と/妻にそむかれたる男と食卓にむかへば、/愛うすき父を持ちし女の児《こ》は/小さき箸《はし》をあやつりなやみつつ/父ならぬ男にさんまの腸《はら》をくれむと言ふにあらずや。」というクダリも、身にしみる。

この「人に捨てられんとする人妻」が、谷崎から捨てられそうな千代。「妻にそむかれたる男」「父ならぬ男」が佐藤春夫。佐藤も、不幸な結婚生活が破綻し、女優の妻との離婚が決定的だった。谷崎と言い、佐藤と言い、どちらも女優の妻や愛人を持っている。当時の芸術家の流行だったのだろう。そして、「愛うすき父を持ちし女の児」が、谷崎の長女・鮎子である。谷崎は千代を佐藤にくれてやると一度は口にしたが、急に惜しくなったか、約束を破棄した。大正一〇年のことである。谷崎と佐藤は、絶交した。

それから約十年後の昭和五年八月。二人は和解した。谷崎には、新しい恋人が出現していた。佐藤も離婚して、千代を迎える準備が整った。谷崎と佐藤と千代は三人連名で、関係者に印刷物を配布した。そこには、「陳《の》ぶれば我等《ら》三人この度《たび》合議を以《もっ》て、千代は潤一郎と離別致し、春夫と結婚致すことと相成り……」と書かれてあった。新聞でも大きく報道され、「細君譲渡事件」として社会に衝撃を与えた。鮎子は母に引き取られたが、両親のスキャンダルのあおりを食って、在学していた聖心女学校を退学した。後に佐藤春夫の甥《おい》と結婚した。佐藤一族は、よほど「千代&鮎子」タイプの女性が好きだったようだ。これが、『蓼喰《たでく》う虫』の世界の背景である。

この「細君譲渡事件」では、文学者のモラルの低さが世間を驚かせたのだが、不思議なことに関係者はすべて幸福になっている。男同士のやりとりの対象となった千代夫人の考えは、どうだったのか。フェミニストならずとも、関心を持つに違いない。その千代夫人は、佐藤春夫と再婚して男児にも恵まれ、幸せになっている。むろん、佐藤春夫は大満足。そして谷崎は、第二の結婚、第三の結婚へと進んでゆく。

現在の興味本位の週刊誌なら、「譲る方も譲る方なら、もらう方ももらう方だ」と佐藤が嘲笑《ちょうしょう》されるところだ。佐藤春夫の処女詩集のタイトルは、『殉情詩集』。「殉情」とは、すべてを感情にまかせて生きること。春夫は『殉情詩集』で、「せつなき恋をするゆゑに／月かげさむく身にぞ沁《し》む」とも嘆いている。思わず、胸がキュンとなる。

やはり、愛する千代を思った詩だろう。『秋刀魚の歌』は、『我が一九二二年』に収められたが、この詩集には「白状するが私は　一度あなたの亭主を／殺してしまったあとの夢を見たいものだ／私がどれだけ後悔してゐるだらうかどうかを」という詩もあって、ドキッとする。そこまで、彼は思い詰めていたのだ。

【関東大震災に、江戸情緒の崩壊を見た】

時間は、少しさかのぼる。大正一二年の関東大震災に箱根で遭遇した谷崎は、命からがら助かった。家族は横浜にいたが、一家そろって関西に移住してしまう。これが、谷崎の人生の大きな転機となった。大地震で瓦礫《がれき》の山と化した東京。そこは、「古き良き江戸情緒を残した東京」の墓場だった。生粋の「江戸っ子」だった谷崎は、「江戸を残した東京」が「復興後の東京」には残らないと見限ったのだ。そして、「本当の東京」は、現実の東京ではない別の場所にある、と考えたのだろう。

同じことを、後年の文学者である吉田《よしだ》健一も考えている。彼の場合は、太平洋戦争の空襲で瓦礫の山となった東京に幻滅した。そして、「古き良き東京＝本当の東京」を求めて、埼玉県児玉《こだま》町・石川県金沢市・山形県酒田市などの田舎町や地方都市を旅しつづける。関東大震災、戦時中の空襲、そして阪神淡路大震災。これらは、近代日本を揺るがせた三大災害である。

谷崎の「地震恐怖症」が関西移住につながったとよく言われるが、それだけではなかっただろう。関西に移った翌大正一三年、谷崎は義妹・せい子との同棲生活を材料として、『痴人の愛』の連載を開始した。ここから、谷崎の名作・話題作が続々と書かれ始める。

初期の頃の谷崎の作風は、「和洋折衷」だった。彼が初めて永井荷風と出会ったのは、「パンの会」だった。最盛期のパンの会は、隅田川の河口近くにかかる「永代橋」を深川方面に渡ってすぐの永代亭を会場としていた。若き芸術家たちは、隅田川にセーヌの流れを重ね、日本情緒の残る大川端で西洋の葡萄酒を飲み、泥酔《でいすい》して永代橋の欄干から隅田川に向かって放尿した。この永代亭をほんの少し北へ行ったところが、深川佐賀町。すなわち、谷崎の出世作『刺青』の彫物師が住んでいた所である。谷崎の本質は、「昔と今」「日本と西洋」を融合させた点にあった。

関東大震災の後で、谷崎は関西に移住した。でも、彼が「江戸っ子」だったことは否定できない。ここで、「関東と関西」「江戸と上方《かみがた》」とをミックス（折衷）しようとする努力がなされた。この両極端のものを合一させる試みは、「男と女」の心を見つめてきた谷崎にふさわしかった。そして、「東男《あずまおとこ》」である谷崎は、「京女」ではないが「上方の女」の典型である松子と結婚（融和）して、一生の幸福を獲得することになる。松子は三番目の、そして最後の妻となった。

【芥川龍之介との論争で、長編小説の魅力を確認する】

関西に拠点を構えた昭和二年、震災後も東京で活動していた芥川と、谷崎は「話の筋」をめぐって大論争した。特に芥川の攻撃に力が入っていたので、世間の注目を集めた。自分の人生の断片を積み重ねて心象風景を結晶させようとした短編作家・芥川は、谷崎のフィクションの「話の筋」が本当に芸術的なものか、疑問を投げかけた。芥川は「趣向をこらしすぎたらよくない」と言っているわけだが、谷崎は「話らしい話」が文学の根本だと主張して譲らなかった。

この論争をきっかけとして、谷崎は「長編小説の組み立て方」を自覚したのではなかったか。これ以後、目立って長編小説が増えてくる。いずれも、名作である。かつてのスランプ（あるいはトライアル・アンド・エラー）が信じられないような豊饒《ほうじょう》な生産力を見せつけた。この年に自殺した芥川の滅びとは、正反対だ。この論争は、期せずして芥川から谷崎への、「君は君のスタイルでがんばれ」という遺言にもなっている。

谷崎の長編小説は、起承転結とか貴種流離譚《たん》とかの「ストーリー性」を正面に押し出したものではない。読者を驚かせて引きつける魅力あふれる具体的な「場面＝シーン」を無数にパッチ・ワークしている。独特のスタイルで紡がれる長編小説なのだ。

谷崎と芥川は、『新思潮』の先輩後輩であり（谷崎は第二次、芥川は第三次・第四次）、芥川の『羅生門』出版記念会にも谷崎は出席している。なおかつ、昭和二年三月、芥川が講演会で大阪を訪れたときに滞在した茶屋で同席していた谷崎は、偶然にも大阪船場の豪商・根津氏の妻・松子夫人と初めて出会い、運命的な恋に落ちたとされる。

【豪邸を建築したが、長続きせず】

芥川が自殺した翌年の昭和三年、谷崎は豪邸を建築した。大正一五年（昭和元年）に、改造社という当時の一流出版社が「一冊一円」均一の『現代日本文学全集』というシリーズを売り出し、これが大ベストセラーになった。このシリーズに作品を収録した作家たちにも莫大《ばくだい》な印税がころがりこみ、谷崎も突然に大金を得たのだ。自分が望むとおりの設計を実現した大豪邸だった。ただし、大金が入るのは一時的。この豪邸も維持しきれなくなって、やがて手放すことになる。

ともあれ、この豪邸新築の年、谷崎は『卍《まんじ》』と『蓼喰う虫』の連載を始めた。複雑な三角関係・四角関係を、関西弁の女ことばで描こうとする谷崎の新しい冒険が始まったのだ。『蓼喰う虫』は、妻に愛人を作ることを許し、二人の再婚を認めようとする夫の心理がテーマである。これは、妻の千代を佐藤春夫に譲り、自分は理想の「芸術の女神」と再婚しようとした谷崎の実人生を踏まえている。

【ついに、芸術の女神と結ばれる】

このあたりから、人間関係が複雑に入り組んでくる。年譜に語らせるのが一番だ。

昭和二年　三月　谷崎、根津松子と知り合う。松子は、豪商の妻で、子どももいた（二人の出会いは大正一五年一二月説や昭和三年説もある）。

昭和五年　八月　谷崎、千代と離婚。千代は、佐藤春夫と再婚。

昭和六年　四月　谷崎、文藝春秋の女性編集者・古川丁未子と内祝言《しゅうげん》。

一二月　谷崎、根津別邸に転居。垣根越しの隣家に、松子が住む。

昭和八年　五月　谷崎、丁未子と別居。

昭和九年　三月　谷崎、根津松子と同棲。

四月　松子、離婚して森田松子に復姓。

昭和一〇年　一月　谷崎、丁未子との離婚届を提出。ただちに、森田松子と結婚。

この間、谷崎は、松子を女神と仰ぎ、彼女から芸術のインスピレーションを得て、次々と名作を量産した。昭和六年の『盲目物語』のヒロイン「お市の方」（織田信長の妹）、昭和七年の『蘆刈《あしかり》』、昭和八年の『春琴抄』の春琴などは、すべて松子という崇高な「女神」から溢《あふ》れ出た霊感を、「女神の忠実な僕《しもべ》」である谷崎が筆記したもの。そして、昭和一〇年からは、いよいよ『源氏物語』の現代語訳に着手する。谷崎は豪商の妻・松子に憧《あこが》れることで、光源氏がお后《きさき》様である藤壺《ふじつぼ》へ憧れる気持ちを心から理解した。かなえられそうにない恋ほど、切ないものはない。そして、松子と結婚することで、紫の上を自分のものとした光源氏の喜びを体で実感できた。谷崎は、『源氏物語』の世界をわが物としたのだ。だから、彼の『源氏物語』の訳文にも心が籠《こ》もっている。

一方で、谷崎の芸術家としての幸福の犠牲となったのが、丁未子という女性である。谷崎は本当は「松子」という女神に憧れていたが、彼女は雲の上の人だったので、やむなく「丁未子」という身代わりで我慢することにした。ところが、谷崎は光源氏よりも運が良かった。丁未子にとっては、運が悪かった。根津家が没落したので、あきらめていた松子が自由の身となったのである。谷崎は、「藤壺」のような松子と結婚できた。夢のような成り行きだ。その結果、「身代わり」の丁未子が捨てられた。

年譜は正直であり、残酷である。谷崎が丁未子と再婚して、新婚旅行かたがた（豪邸を維持できず、借金取りから追われていたので、それから避難するためでもあった）、二人で高野山に籠もって『盲目物語』を執筆していたとき、谷崎の心を占めていたのは新妻・丁未子ではなく、憧れの人妻・松子だったのだ。丁未子は、美貌《びぼう》のキャリア・ウーマンである。だが、松子ほどには天性の「気品」がない。

この「評伝」のはじめの方で紹介した二通のラブレターを思い出していただきたい。同じような内容だが、よく読むと違う。A（丁未子あて）よりも、B（松子あて）の方が、何倍も丁寧な言葉づかいである。谷崎は、丁未子には「あなたから芸術の霊感を引き出したい」と言っているが、まだ「自分が先生として指導してあげる」という口ぶりである。松子に対しては、まるで下男が女主人の前ではいつくばるようにして、へりくだっている。これを、谷崎はしたかったのだ。そして、それを自分にさせてくれる「女神」がついに自分の「妻」となってくださったのだ。

そのために貧乏クジを引いたのが、千代・丁未子という二人の「前妻」。谷崎は、弟の精二（早稲田大学教授）とも絶交したり、末の弟を養子に迎えてすぐに離縁したりしている。長男でありながら、血のつながった弟妹に対しても、必ずしも誠実とは言えなかった。最愛の松子夫人ですら、谷崎の子を身ごもったときに、中絶させられている。唯一《ゆいいつ》絶対の「女神様」に子どもはいらないからである。谷崎芸術の大輪の花は、多くの人の苦しみと破滅を「肥やし」としている。谷崎こそサディスティックな独裁者であり、『刺青』の妖婦《ようふ》だった。彼は女神の前にひれふす「愚か者」の役を演じていながら、女神の立場から屈服した男を見下す勝利感にも酔っていた。「下男と女神」は一セットであり、どちらの視点にも谷崎は立つことができた。谷崎と松子は、二つの顔をもつ「ヤヌス」という神様のように、一心同体だった。

【『細雪』は前衛小説である】

谷崎は、道徳を超越していただけでなく、時代をも超越していた。だから、「時代の風」を敏感に読み取り、迎合し、「時代の寵児《ちょうじ》」になることなどはまったく望んでいなかった。彼が願ったのは、いつの世にも妖《あや》しい輝きを放つ「美」の獲得だった。だからこそ、緊迫し激化する日中戦争をよそに、昭和一〇年から千年前の『源氏物語』の現代語訳（『潤一郎譯《やく》源氏物語』）に挑んだのだ。松子への愛が、いっそう谷崎の目を「千年の時空＝芸術の永遠性」へと向けさせた。

関西に拠点を置き、「千年の時空」から日本文化を見おろす谷崎の視線は、時の権力者にとっては大変に危険なものだった。現在の「権力」など、千年のスパンで見透かされたら張り子の虎《とら》のようにつまらないものだからである。

『源氏物語』の現代語訳も、自発的な一部削除を余儀なくされ、出版側は煮え湯を呑《の》まされた。天皇（桐壺《きりつぼ》帝）の息子（光源氏）が、義理の母であるお后（藤壺）とあやまちを犯す。それだけでも「大日本帝国ハ万世一系ノ天皇之《これ》ヲ統治ス」という天皇制の神聖さを汚《けが》す内容である。なおかつ、そのあやまちの結果、罪の子が誕生し、その子が天皇（冷泉《れいぜい》帝）として即位するというのだから、天皇制への冒瀆《ぼうとく》と不敬はここに極まる、というのが軍部などの近視眼的な発想である。

『源氏物語』は、不義密通と三角関係などの「恋のあやまち」をひたすら描く。それでいて、「日本文化の最良のエッセンス」として常に芸術家の目標となってきた。谷崎文学もまた、「魔性の女に翻弄される男」という「いびつな性愛」ばかりを追い求めている。それでいながら、時代を超えた「美学」を打ち立てた。一見すると「不道徳」だが、深く読めば「人間の心の真実」がわかってくる。そして、作品の書かれた時代の価値観を笑いのめす。まさに、「前衛小説」である。

昭和一七年から一九年は、谷崎の年齢では五六歳から五八歳に当たる。還暦を目前とした最盛期である。この三年間に、『源氏物語』のスタイルを近代小説に移植することに成功した『細雪』の上巻と中巻が書かれた。ただし、「時局にあわない」という理由で、出版が認められなかった。正式の出版は戦後であり、『細雪』の下巻刊行は昭和二三年。これが、谷崎の代表作となった。

『細雪』に出てくるのは、四姉妹と、二女の娘の合わせて五人の女たち。まさに、「五人の女神たち」である。結婚して東京に出た長女（鶴子《つるこ》）と、結婚しても関西に留まる二女（幸子）のコントラスト。未婚の二人も、対比があざやか。言葉少なく、色白で、着物が似合う貞淑な三女（雪子）と、思ったことをズケズケ口にして思った通りに行動する、洋服の似合う四女（妙子《たえこ》）。「大人の女性のカタログ」とも言うべき四姉妹だけではなく、「少女＝乙女」のサンプルとして、二女の娘（悦子）も輝いている。

春は桜の花見、夏は蛍狩り、秋の月見。冬の「雪見」は書かれていないが、それは雪子という三女の名前や、『細雪』というタイトルで描かれている。『源氏物語』の最もみやびやかな巻々（「初音」「胡蝶《こちょう》」の春、「蛍」「常夏《とこなつ》」「篝火《かがりび》」の夏、「野分《のわき》」の秋、「行幸《みゆき》」の冬）と対応しているのだろう。『細雪』中巻のクライマックスである蘆屋《あしや》地区を襲った大水害は、「野分」巻の台風や、「須磨《すま》・明石《あかし》」巻の大暴風雨を意識していよう。

『細雪』のキャラクターは、松子夫人の親族の女性たちをモデルにしているらしい。四人姉妹のうちの二女・幸子のモデルが、松子夫人である。花見や蛍狩りも、実際の体験を使っている。だが、それを「私小説」のスタイルで書くのではなく、王朝物語のスタイルで大長編として織り上げたところに、谷崎の工夫がある。

『源氏物語』との最も大きな違いは、女たちをたばねる「ヒーロー」を消し去ったところ。オリジナルの『源氏物語』では、女たちの喜びや苦しみは、光源氏という男がすべて吸い上げる。女たちの思いや考えは、光源氏の感じる「もののあはれ」へと結晶してしまい、女たちは男から鑑賞される側になってしまう。谷崎の『細雪』では、二女の夫の「貞之助」が形の上では光源氏の役割をしているが、いかにも力量不足。だから、一人一人の女たちの心がさわやかに解き放たれる。ハリのある関西弁を操る女性たちは、とても男どもの風下に立つことはない。特に、四女の妙子の波乱の半生。妙子は、『源氏物語』の最後のヒロイン浮舟《うきふね》の生まれ変わりのようだ。

姉や義兄の思惑を越えて、運命に翻弄される妙子。この「妙子」の未来をさらに谷崎が書き継いだならば、『源氏物語』の達成をすら乗り越えたかもしれないと、下巻での「完結」が惜しまれる。フィクションの中の蒔岡《まきおか》家には、下巻以後に、空襲・敗戦・戦後の大混乱・価値観の変更・新しい波などが、次々に押し寄せてくることだろう。その中で、華族（子爵《ししやく》）の息子と結婚した雪子や、次から次へと男を取りかえねば済まない妙子が、どう生きてゆくか。「王朝物語を溶かし込んだ近代小説」という新しいジャンルを考え出した谷崎。それをさらに推し進めれば、「古典」も「近代」も乗り越えた新しい現代の文学スタイルが誕生するのではないか。誰か、『続細雪』あるいは『新細雪』を書き継いでくれる文学者はいないだろうか。それが、谷崎の「前衛精神」を受け継ぐことになると思うのだが。

【京都の優雅なる日々】

戦争中は熱海《あたみ》や岡山県津山市などに疎開していたが、戦後の昭和二一年には京都の南禅寺の近くに居を構え、「潺湲亭《せんかんてい》」と名づけた。「潺湲」とは、水がコンコンと湧《わ》き出てくること。昭和二四年には下鴨《しもがも》に転居したが、やはり「潺湲亭」と呼んだ。紛らわしいので二つを区別して、「前《さき》の潺湲亭」と「後《のち》の潺湲亭」と言う。昭和三一年まで、谷崎は「後の潺湲亭」で暮らした。

わが庵《いほ》は華の名所に五六丁《ちやう》もみぢに二丁月はゐながら

という谷崎の歌は、「前の潺湲亭」を自画自讃したもの。

谷崎の生活は、晩年の『台所太平記』で有名なように、若くて綺麗《きれい》な女中さん（お手伝いさん）をたくさん使っていた。松子のような上流夫人は掃除洗濯などしないものだし、谷崎も若い娘さんとの接触を好んだからである、「築地精養軒《つきじ》」の小間使いの娘さんへの初恋から、ずっとそうだった。「お市の方」（『盲目物語』）のような女神様から、「ナオミ」（『痴人の愛』）のような下品な妖婦《ようふ》まで、谷崎の「色好み」の相手は広がっていた。

『源氏物語』には、有名な「雨夜《あまよ》の品定《しなさだ》め」という女性論がある。女性を「上の品《しな》」（上流）、「中の品」（中流）、「下の品」（下流）と三つに分類して、「中の品」にこれはと言う掘り出し物が多い、という内容である。谷崎にとっては、「上の品」が松子夫人であり、「下の品」がナオミやお手伝いさんだったのだろう。谷崎が、なぜ最初の妻・千代と、二番目の妻・丁未子を冷酷に捨ててしまったか。もしかしたら、彼女たちが家庭的で良識的な「中の品」の女だったからではなかろうか。谷崎の女性観は、『源氏物語』のそれとは大いに違っていた。

谷崎は、平凡な家庭生活から自分の「異様な芸術」が生まれないことを知っていた。とてつもない高嶺《たかね》の花か、とんでもない魔性の女からしか、芸術的インスピレーションが湧かなかったのだ。

「後の潺湲亭」は、四十回以上も転居した谷崎が、最も気に入っていた住まいだったという。松子夫人という泉から滾々《こんこん》と絶えることなく創作のインスピレーションがあふれ出し、若いお手伝いさんたちからは野性的な生気を分けてもらう。約六百坪の「後の潺湲亭」は、光源氏の二万坪の大豪邸「六条院」にははるかに及ばない。でも、光源氏は最愛の人である「上の品」の藤壺とは、結婚できなかった。谷崎の「後の潺湲亭」での生活は、光源氏よりも何倍も幸福だったことだろう。

　ほととぎす潺湲亭に来啼《な》くなり源氏の十巻《とまき》成らんとするころ

昭和二九年、「後の潺湲亭」で『潤一郎新譯源氏物語』全一二巻のうちの十巻までが脱稿した（第一一巻と第一二巻は系図・年立《としだて》・梗概《こうがい》などの別巻）。戦前の『源氏物語』訳をさらに改めたもの。この満足感を、谷崎は「ほととぎす＝時鳥」に託して歌っている。その後、昭和三九年に「谷崎源氏」の決定版（現代仮名づかい）『谷崎潤一郎新々訳源氏物語』が出された。この三度の現代語訳への挑戦は、『源氏物語』の訳者としての谷崎の名声を確定させた。

川端康成は、昭和三六年に『古都』を執筆するために、京都に仕事部屋を持った。その家は下鴨にあり、「後の潺湲亭」と接していたという。もう谷崎はここを引き払っていたが、川端はどんな思いで「後の潺湲亭」との境の垣根を眺めていたことだろうか。

谷崎は、京都の「後の潺湲亭」と平行して、昭和二五年に熱海に「前の雪後庵」という別邸を購入し、昭和二九年に「後の雪後庵」を構えた。京都を引き払ってからは熱海に住み、昭和三九年に湯河原に「湘碧山房《しょうへきさんぼう》」を構え、ここが谷崎の「終《つい》の住みか」となった。京都の夏の湿度や冬の寒さが、老体にこたえるようになって、避寒避暑の可能な地域で晩年を過ごしたかったのだろうか。

【右手を痛めて、口述筆記に頼る】

戦後まもなくの昭和二二年頃から、谷崎は高血圧で苦しむようになった。現在は「成人病」と言われるが、当時は「老人病」だった。昭和二七年、エネルギッシュに創作活動を続けてきた人間機関車の谷崎も、体調を崩して静養に努めた。昭和三三年、発作を起こして右手の感覚がおかしくなった。これからあとは、口述筆記（口授《くじゅ》）となる。

明治の文豪・森鷗外は、陸軍軍医総監として多忙な官僚だったので、執筆は夜にしかできなかった。それで、鈴木春浦《しゅんぽ》（本次郎）という人物を速記者として使って、口述で創作活動を繰り広げた。谷崎は病気のために、やむなく口述筆記をすることになった。鷗外の小説は、内容的に堂々としたものだから、述べる側も筆写する側も、別にとまどいはなかっただろう。しかも、男同士である。だが、谷崎の世界は、「性」という微妙な領域と関わる。なおかつ、「マゾヒズム」や「足フェチ」という異常性欲の世界ばかりが描かれる。三角関係・四角関係も、ざらである。このような異常な世界を、口移しで「才媛《さいえん》の速記者」に書き写させる老齢の小説家の気持ちは、どんなものだったのだろうか。

最初は、できれば自分一人でどこまでも作品世界に沈潜したかっただろう。速記者の存在は邪魔だったに違いない。でも、京都出身の伊吹和子《いぶきかずこ》という理想の速記者を得てからは、不思議な「協働作業」が可能となった。伊吹は、『潤一郎新譯源氏物語』以来の協力者でもあった。松子夫人が「上方の女」の「情」を体現していたとすれば、伊吹は「上方の女」の「知」を体現していた。『夢の浮橋』『瘋癲《ふうてん》老人日記』などの名作は、このようにして生み出された。

フランス印象派の画家・ルノワールも晩年に右腕が不自由になりながらも、豊満でふっくらとした女体美を描き続けた。谷崎の晩年と不思議に似通っている。

【老人文学を創出する】

病と闘い、老いを自覚しながらも、谷崎は性の世界を追い求めた。『鍵《かぎ》』は、口述筆記になる前の昭和三一年、七〇歳の作品。死の危険をもかえりみずに、四五歳の妻との情事にうつつをぬかす五六歳の男の心が、ミステリー・タッチで活写される。

昭和三五年は、谷崎にとって不幸な年となった。まず、本人が狭心症《きょうしんしょう》のため入院した。次に、友人たちが一挙に死んでしまった。一高以来の友で、『新思潮』の同人仲間だった倫理学者の和辻哲郎。小学校の同級生で、有名中華料理店「偕楽園《かいらくえん》」の経営者の息子で化学工業会社を経営していた笹沼《ささぬま》源之助。笹沼は、谷崎と同年齢ながら、苦学生・谷崎の学費を援助するなど、ありがたい竹馬の友だった。成績は谷崎が一番で、笹沼が二番だったという。谷崎が『刺青』を引っさげて意気揚々と文壇にデビューした第二次『新思潮』は、築地小劇場の小山内薫《おさないかおる》を盟主と仰いだが、小山内が円地《えんち》文子や山本安英《やすえ》（『夕鶴《ゆうづる》』のつう役で有名）の面前で心臓発作を起こして急死したのは、笹沼の家が経営していた「偕楽園」だった。縁は異なもので、あちこちにつながっている。

また、青年時代の「パンの会」の仲間で、耽美《たんび》主義的な「享楽派《きょうらくは》」の歌人として話題となった吉井勇も、この年に逝去。吉井は、家庭的スキャンダルをきっかけとして、高知県の山奥に隠棲《いんせい》した。作風も、渋い人生論風なものに一変した。一方、谷崎は生涯「快楽」に関して貪欲《どんよく》であり続けた。

谷崎は親友たちに先立たれ、自身も大病しながら、なおも書き続ける。長い付き合いの友だちが死ぬと、彼らと一緒に過ごしてきた「自分の人生の時間」までも失われてしまう。ぽっかりと心の中に穴が空いたような気持ちになる。「次は自分の順番かな」という死への恐れが大きくなる。だが、フロイトの言う「タナトス＝死への本能」は谷崎にはなかった。ここが、谷崎の本質である。若くして自殺した芥川や、老いて自殺した川端康成とは違って、谷崎は最後まで生きようとした。「生の肯定」が、谷崎のモットーである。

「生の肯定」は、「性の肯定」でもあった。昭和三六年、谷崎は『瘋癲老人日記』の連載を開始。最後まで、老人の異常性欲を見つめ、ギトギトした創作意欲を発散させた。現代は、「長寿社会」と呼ばれる。老人の「性」の問題も大きく取り上げられる。谷崎の最晩年は、「高齢化社会」の到来を先取りしていたかと思わせるものがある。

【女神様に看取《みと》られての大往生】

谷崎の大往生は、昭和四〇年七月三〇日。満七九歳だった。松子夫人と結婚してから、ちょうど三〇年目。松子夫人を女神と仰ぎ見て芸術の鬼となったのが、四九歳だった。五〇歳から八〇歳までの人生を、谷崎はこの女神の力で「回春」させたのだ。

松子は、谷崎より一七歳も若かった。最晩年の谷崎は、千萬子《ちまこ》（松子と前夫の間の息子の妻）を創作欲の源泉としたという見方もある。だが、谷崎の心の中にずっと生き続けた創作の女神に最も近い女性は、松子ただ一人であっただろう。

谷崎の青春は、「悪魔主義」「耽美主義」という毒々しいカラーだった。五〇代と六〇代で、三度にわたる『源氏物語』の現代語訳を刊行し、『細雪』『少将滋幹《しげもと》の母』を書いた時期は、豊饒《ほうじょう》な収穫の「人生の秋」だったろう。「麗秋」とでも呼ぼうか、比類のないきらきらしさだった。そして、『鍵』『瘋癲老人日記』を生み出した七〇代の「人生の冬」。この二つの作品のカラーは、装幀《そうてい》を担当した棟方志功《むなかたしこう》がぴったり表現している。

「わだばゴッホになる」で有名な棟方は、土偶を思わせるような豊満な肉体を持つ女を描いた。まさに「大地の女神」である。女神に抱かれて、老人は幼子に返る。「人生の冬」こそ、「人生の春」だった。たとえ性的機能は失われても、それは幼子が性と無縁であるのと同じこと。人生がリセットされ、リピートされるだけだ。

谷崎潤一郎の墓は、京都の法然院にある。墓石が二つあり、間にしだれ桜。石には、それぞれ「寂」と「空」という漢字一字が刻まれている。「寂」の字のお墓の中に、谷崎と松子夫人が眠る。「空」は、松子夫人の妹である渡辺重子《しげこ》夫妻のお墓。重子は、

『細雪』の三女・雪子のモデルとされる女性である。重子の夫の渡辺明が津山藩主の三男だった関係で、谷崎は岡山県の津山に疎開したことがある。永井荷風は、終戦の日の当日に、岡山まで谷崎を訪ねて来ている。

谷崎の遺骨は分骨されて、東京の豊島《としま》区染井の慈眼寺の両親の墓にも納められた。この慈眼寺には、好敵手・芥川龍之介の墓もある。

戒名は、安楽寿院功誉文林徳潤居士《こじ》。耽美作家として人生の「安楽＝快楽」を追究した谷崎にふさわしい。傑作・名作・話題作をいくつも書いたので、彼の「著作集＝文林」は文字通り林のように見える。そして、本名の「潤一郎」の通りに、彼の残した小説はほとばしる「生命の水」のエネルギーで潤《うるお》っている。

名水があるところ、大きな林ができる。それだけではなく、古代中国では「玉＝宝石」が埋蔵されているという伝説がある。谷崎の文学世界の根本には、宝玉のような「芸術の女神」が眠っている。それが、松子夫人だった。彼女こそ、谷崎がこの世で最も大切にした「宝玉」だった。松子夫人は、谷崎が亡《な》くなってから二六年目の平成三年に、同じお墓に入ってきてくれた。谷崎はどんなにか、この日を待ちわびていたことだろう。

谷崎好み③ —— 文章と装丁

谷崎は、四十八歳の時に発表した『文章読本』で、「文字の体裁、即ち字面《すなわじづら》」を非常に重要視し、次のように述べている。

「漢字は一字一字を見ると美感が備わっていますけれども、文字と文字とのつながり工合が美しくない。仮名の中へ交ぜて使うと、ゴツゴツして汚く見えることがありますが、我が国の平仮名は文字そのものに優しみがある上に、つながり工合が実に美しい。それに、漢字は字劃《じかく》が複雑なため、今日のような小型の活字になっては固有の魅力が大半失われてしまいましたが、平仮名は字劃が簡単でありますから、今もなお魅力を失いません。字面を快くすると云《い》うのは、こう云うことを総《す》べて考慮に加えて書く、と云う意味であります」

また、原稿を執筆するにあたって毛筆（あるいは鉛筆）を使い、便利なはずの万年筆を使用しなかった。その理由を、谷崎は「文房具漫談」でこう述べている。

「私は非常に遅筆であって、一行書いては前の方を読み返したり、立ち上って室内を歩き廻ったり、茶を飲んだり一服吸ったりして、徐《おもむ》ろに考えながら後をつづける。だから墨を磨《す》るとか含ませるとか云う手数は、全然問題でない。却《かえっ》て何かそう云う仕事があった方が、空想の時間を遣《や》るのに都合がよい。つまり、手が間に合わぬ程文章が早く書ける人は、万年筆の長所を利用することが出来るが、私のような者には全体を書き上げる時間の上から云って、万年筆も毛筆も選ぶ所はないのである」

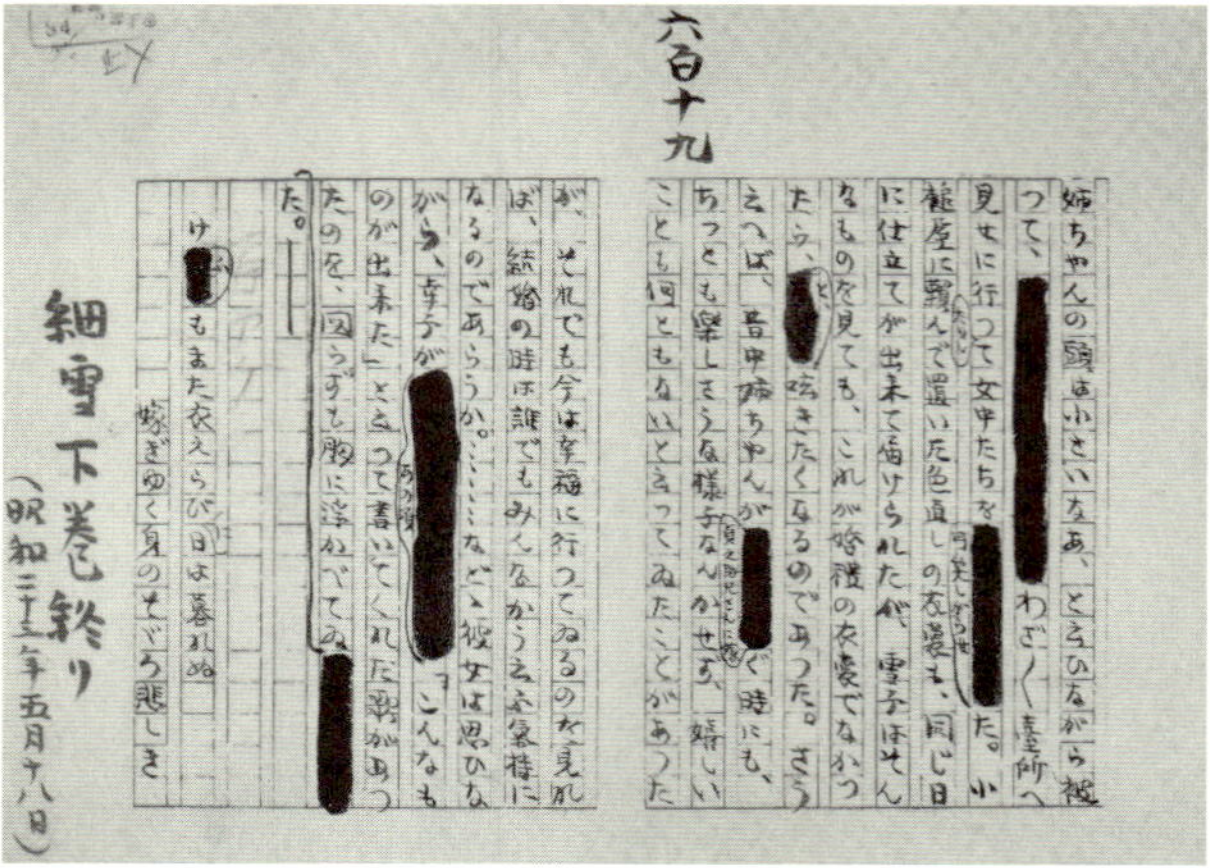
六百十九

姉ちやんの顔は小さいなあ、と云ひながら覗
つて、[redacted]わざく臺所へ
見せに行つて女中たちを[redacted]た。小
襠屋に頼んで置いた色直しの衣裳も、同じ日
に仕立てが出来て届けられたが、雪子はそん
なものを見ても、これが婚禮の衣裳でなかつ
たら、[redacted]呟きたくなるのであつた。さう
云へば、昔中姉ちやんが[redacted]く時にも、
ちつとも樂しさうな様子なんか見せず、嬉しい
こともなんともないと云つてゐたことがあつた
が、それでも今は幸福に行つてゐるのを見れ
ば、結婚の時は誰でもみんなかう云ふ氣持に
なるのであらうか。……などゝ彼女は思ひな
がら、幸子が[redacted]こんなも
のが出来た」と云つて書いてくれた歌があつ
たのを、図らずも胸に浮かべてゐ[redacted]
た。
け[redacted]もまた衣えらびに日は暮れぬ
嫁ぎゆく身のそぞろ悲しき

細雪下巻終り
（昭和二十三年五月十八日）

写真の原稿は『細雪《ささめゆき》』。ゆったりとした独特の雰囲気が漂い、谷崎の美意識と執筆姿勢が反映されているようだ。

谷崎は手紙もよく書いた。相手によっても、また書いた年齢によっても、便箋《びんせん》や文字がまったく違っているが、流麗に崩した文字で綴《つづ》られた左上の手紙は松子に宛《あ》てたもの。「此の三四日は丁未子《とみこ》もずっと在宅いたし」という一文があり、谷崎と当時の妻・丁未子、そして松子の微妙な関係が伺われる。

時に谷崎四十六歳。最愛の松子への手紙となれば、便箋にもこだわる。ここにはお気に入りの画家の小出楢重《こいでならしげ》に頼んで彫ってもらった木版を、ほぼ全面に薄翠色《うすみどりいろ》で施している。この版木と、自分の原稿用紙と同じ色でそれを刷った便箋が、谷崎から松子への「最初の贈り物」となったのだった。

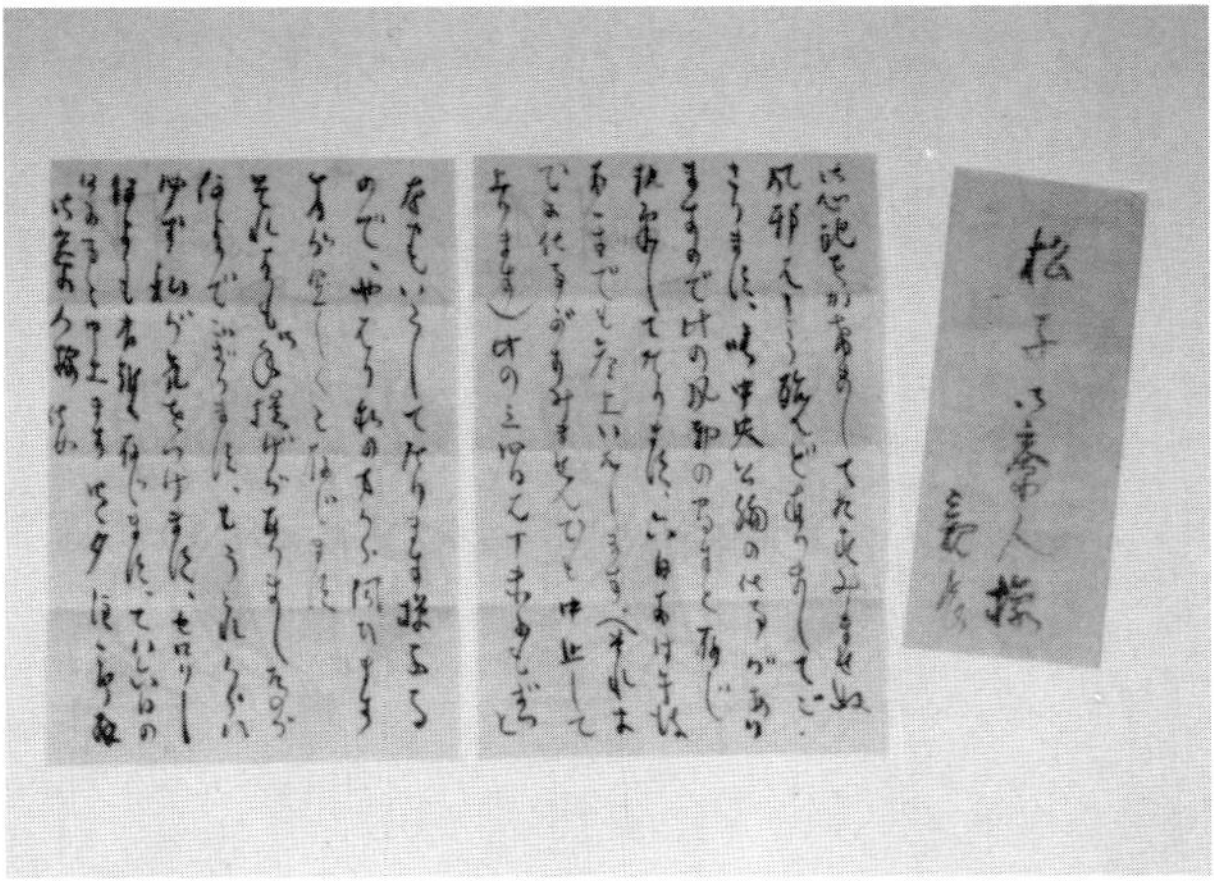

＊

谷崎が松子と正式に結婚したのは、四十九歳のこと。ミューズを得た谷崎は、その年の秋から『源氏物語』の現代語訳に着手する。

実際に現代語に訳するにあたって谷崎は、次のように述べている。

「源氏物語の文については、他日改めて論ずる機会があると思うから、今は詳しいことはいわぬが、ただ一つだけいってみれば、あの原文が持っている魅力は、何よりも『色気』ということにあると思う。実に源氏は不思議に色気のある文章である。色気という点では、これを後にしては西鶴《さいかく》物、前にしては源氏、この二つがわれわれの古典の中で傑出している。源氏が、他の多くの王朝の物語類の中で断然光っている所以《ゆえん》の一つは、此処《ここ》にあるのではないか。されば私は、現代語に移すに当

って、出来るだけその色気を失わないように心を用いた」(「源氏物語の現代語訳について」)

こうした谷崎の「源氏物語」観は二十六巻から成る『潤一郎訳源氏物語』に結実し、三年間かけて刊行された。

刊行にあたり谷崎は、古《いにしえ》の形の再現を望み、特別に誂《あつら》えた箱に『源氏』全巻を納めた限定セットを作成させている。

写真のセットは黒漆に塗られた箱に納められており、蓋裏《ふたうら》の為書《ためがき》から、松子の妹・重子《しげこ》に贈られたものであることがわかる。

重子は『細雪』の雪子のモデルとなった女性。『源氏物語』に大きく影響されたといわれる『細雪』に谷崎が着手したのは、『源氏』完結の翌年、谷崎五十六歳のことであった。

＊

谷崎の後期の著作を華麗に彩《いろど》ったのは、棟《むな》方志巧《かたしこう》の板画《ばんが》である。棟方の自伝にも、

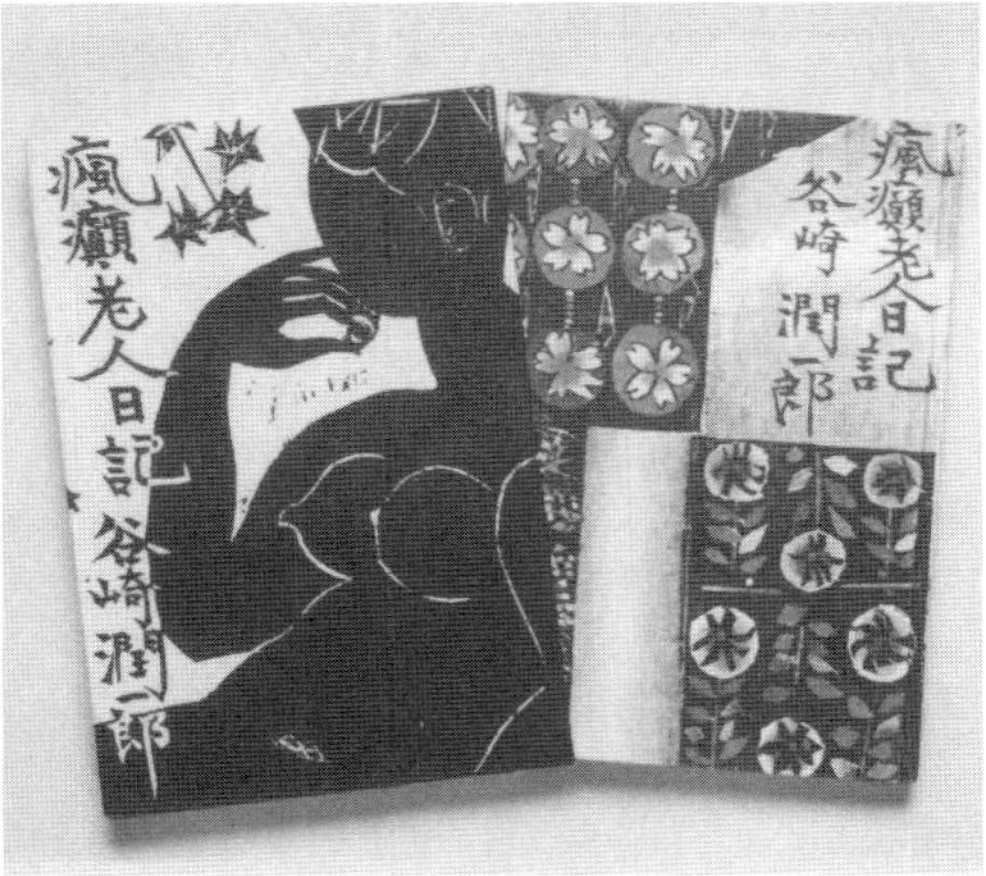

「私の『鍵《かぎ》』や『瘋癲《ふうてん》老人日記』等々に板画を以《もつ》て描いてくれた挿絵の数々の面白さには、私は深く敬服している。私は今でもこれらの作品を座右に置いて、時々開いて見ては飽くことを知らず眺めている。昔私は『蓼食《たでく》う虫』の小出楢重君の挿絵によって少なからず力づけられ、励まされたが、棟方君の場合も同様である」

　と心のこもった文章を寄せている。写真はその『瘋癲老人日記』の初版本。挿画や装丁の他にも、自作の歌と棟方の画《え》をあわせた色紙のシリーズを作るなど、深い交わりを結んでいた。美意識に生きた谷崎の晩年のこだわりが棟方の板画なのであろう。

『文章読本』（中公文庫）
「文房具漫談」谷崎潤一郎全集20巻（中央公論新社）
「源氏物語の現代語訳について」同全集21巻
「『板極道《ばんごくどう》』に序す」棟方志巧『板極道』（中公文庫）

現在入手できる谷崎の主要作品

刺青・秘密 新潮文庫
近代情痴集 潤一郎ラビリンス〈Ⅳ〉 中公文庫
人魚の嘆き・魔術師 中公文庫
痴人の愛 新潮文庫
蓼喰う虫 新潮文庫
卍（まんじ） 新潮文庫
吉野葛・盲目物語 新潮文庫
吉野葛・蘆刈 岩波文庫
乱菊物語 中公文庫
盲目物語 中公文庫
青春物語 日本図書センター
幼少時代 岩波文庫
春琴抄 新潮文庫
教育出版
陰翳礼讃 中公文庫
陰翳礼讃 東京をおもう 中公クラシックス
文章読本 中公文庫
猫と庄造と二人のおんな 新潮文庫
潤一郎訳源氏物語 中公文庫（全五巻）
細雪 新潮文庫（上・中・下巻）
中公文庫
少将滋幹の母 新潮文庫
鍵・瘋癲老人日記 新潮文庫
鍵 中公文庫
瘋癲老人日記 中公文庫
台所太平記 中公文庫
歌々板画巻 中公文庫

＊

『谷崎潤一郎全集』（全二十八巻）が中央公論新社より刊行されたが、現在は入手不可。

年譜

明治十九年（一八八六年）七月二十四日、東京市日本橋区蠣殻町二丁目十四番地（現東京都中央区日本橋人形町一丁目七番地）で生れる。父倉五郎、母関の次男だが長男は早産死したので、戸籍上は長男として潤一郎と名付けられる。生家は米の相場表の印刷所で、このころの谷崎家は裕福だった。

明治二十五年（一八九二年）六歳　九月、入学を一年早め、日本橋区坂本町の阪本小学校へ入学。

明治三十四年（一九〇一年）十五歳　三月、阪本小学校全科（八年）卒業。家計が苦しく廃学の予定だったが周囲の援助で、四月、東京府立第一中学校（現日比谷高校）に入学。

明治三十五年（一九〇二年）十六歳　六月、父の相場は失敗続きで、教師の斡旋で築地精養軒の経営者北村家に家庭教師として住み込む。

明治三十八年（一九〇五年）十九歳　三月、府立第一中学校卒業。九月、第一高等学校英法科入学。

明治四十年（一九〇七年）二十一歳　六月、北村家の小間使との恋愛が当主の忌諱にふれる。九月、同家を出て一高の朶寮に入寮。

明治四十一年（一九〇八年）二十二歳　七月、第一高等学校英法科卒業。九月、東京帝国大学国文科入学。

明治四十二年（一九〇九年）二十三歳　「帝国文学」「早稲田文学」に投稿した原稿がいずれも没になり、失意と焦燥のあまり強度の神経衰弱にかかる。永井荷風の『あめりか物語』を読み「自己の芸術上の血族」を発見。

明治四十三年（一九一〇年）二十四歳　九月、小山内薫、和辻哲郎、大貫晶川らと第二次「新思潮」を創刊したが、直ちに発禁となる。十一月、永井荷風と会う。

明治四十四年（一九一一年）二十五歳　七月、月謝滞納の理由で大学を論旨退学になる。十一月、永井荷風が「三田文学」に『谷崎潤一郎氏の作品』を書いて激賞。『秘密』を「中央公論」に発表して、作家的地位が確立した。

明治四十五年・大正元年（一九一二年）二十六歳　四月、京都に遊ぶ。神経衰弱が再発。八月、徴兵検査不合格。放浪。

大正四年（一九一五年）二十九歳　五月、石川千代と結婚。本所区新小梅町に新居を持つ。
大正五年（一九一六年）三十歳　三月、長女鮎子誕生。六月、小石川区原町に転居。
大正六年（一九一七年）三十一歳　五月、母関死去。六月、妻子を父の家に預ける。
大正七年（一九一八年）三十二歳　十月上旬、単身朝鮮を経て中国各地を旅行し、十二月末帰国。
大正八年（一九一九年）三十三歳　二月、父倉五郎死去。佐藤春夫との交友が始まる。三月、本郷区曙町へ転居。十二月、神奈川県小田原に転居。
大正十二年（一九二三年）三十七歳　九月一日、箱根で関東大震災に遭い、同月末、一家を挙げて関西に移住。十二月、兵庫県武庫郡六甲苦楽園に転居。
大正十三年（一九二四年）三十八歳　三月、『痴人の愛』を「大阪朝日新聞」に発表。武庫郡本山村北畑に転居、関西定住が始まる。十一月、『痴人の愛』（続編）を「女性」に発表。
大正十五年・昭和元年（一九二六年）四十歳　一月、長崎を経て再び上海を旅行、二月帰国。
昭和二年（一九二七年）四十一歳　二月、芥川龍之介と小説のプロットの価値をめぐって論争。大阪の豪商根津夫人松子を知る。七月、芥川自殺し葬儀に参列。
昭和三年（一九二八年）四十二歳　三月、『卍（まんじ）』を「改造」に発表。十二月、『蓼喰う虫』を「東京日日新聞」と「大阪毎日新聞」に連載。
昭和五年（一九三〇年）四十四歳　八月、千代と離婚（戸籍上の離婚届は翌年三月二十八日）。知友に宛てて千代を佐藤春夫と結婚させる旨の三人連名の挨拶状を送る。
昭和六年（一九三一年）四十五歳　一月、『吉野葛』を「中央公論」に発表。四月、古川丁未子と結婚。五月、高野山で密教研究、執筆。九月、『盲目物語』を「中央公論」に発表。
昭和八年（一九三三年）四十七歳　五月、丁未子と別居。十二月、『陰翳礼讃』を「経済往来」に発表。
昭和九年（一九三四年）四十八歳　三月、根津松子と同棲。四月、松子、根津から森田姓に復帰。
昭和十年（一九三五年）四十九歳　一月二十一日、丁未子と協議離婚。一月二十八日、森田松子と結婚（五月三日届出）。九月、『源氏物語』の現代語訳に着手。
昭和十一年（一九三六年）五十歳　一月、『猫と庄造と二人のおんな』を「改造」に発表。十一月、兵庫県武庫郡住吉村反高林に転居（この家は現在「倚松庵」として公開されている）。
昭和十七年（一九四二年）五十六歳　四月、熱海市西山に別荘を購入。この年、『細雪』の執筆を始めたため熱海に滞在することが多くなった。
昭和十八年（一九四三年）五十七歳　「中央公論」連載中の『細雪』が軍部の弾圧のため三回以降掲載禁止となるも、密かに執筆を続ける。
昭和十九年（一九四四年）五十八歳　四月、熱海市に疎開。
昭和二十年（一九四五年）五十九歳　五月、岡山県津山市に疎開。十月、戦後初めて上京。
昭和二十一年（一九四六年）六十歳　八月、『細雪』上巻を中央公論社より刊行（中巻は二十二年三月、下巻は二十三年十二月、ともに中央公論社）。十一月、京都市左京区南禅寺下河原町に転居し、新居を「(前の) 潺湲亭」と名付ける。
昭和二十四年（一九四九年）六十三歳　一月、『細雪』で朝日文化賞を受賞。十一月、第八回文化勲章を授与される。十二月、『少将滋幹の母』を毎日新聞に発表。
昭和二十五年（一九五〇年）六十四歳　二月、熱海市仲田に別荘を購入し、「雪後庵」と名付ける。
昭和二十七年（一九五二年）六十六歳　高血圧悪化のため、静養することが多くなる。
昭和三十一年（一九五六年）七十歳　一月、『鍵』を「中央公論」に断続連載。
昭和三十五年（一九六〇年）七十四歳　十月、狭心症のため東大上田内科に入院。十二月、退院。
昭和三十六年（一九六一年）七十五歳　十一月、『瘋癲老人日記』を「中央公論」に連載。
昭和四十年（一九六五年）七十九歳　一月、東京医科歯科大学附属病院に入院。三月、退院。五月、最後の京都行き。七月三十日、腎不全から心不全を併発し、湯河原の自宅にて死去。八月三日、青山葬儀所にて葬儀。九月二十五日、京都市左京区鹿ヶ谷法然院に葬る。戒名安楽寿院功誉文林徳潤居士。十一月六日、百ヵ日法要の日に東京都豊島区染井墓地慈眼寺の両親の墓に分骨。

文《ぶん》豪《ごう》ナビ 谷《たに》崎《ざき》潤《じゅん》一《いち》郎《ろう》

新潮文庫　た-1-0

平成十七年一月一日発行
令和三年七月二十日七刷

編者　新《しん》潮《ちょう》文《ぶん》庫《こ》

発行者　佐藤隆信

発行所　株式会社 新潮社

郵便番号　一六二―八七一一
東京都新宿区矢来町七一
電話 編集部(〇三)三二六六―五四四〇
読者係(〇三)三二六六―五一一一
http://www.shinchosha.co.jp

価格はカバーに表示してあります。

乱丁・落丁本は、ご面倒ですが小社読者係宛ご送付ください。送料小社負担にてお取替えいたします。

ＤＴＰ組版製版・株式会社ゾーン
印刷・株式会社光邦　製本・株式会社大進堂

ISBN978-4-10-100500-3 C0195